BIBLIOTHÈQUE

DES ÉCOLES ET DES FAMILLES

J. GIRARDIN

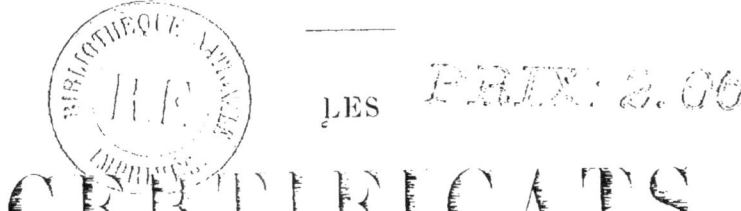

LES

CERTIFICATS

DE FRANÇOIS

OUVRAGE ILLUSTRÉ DE 14 GRAVURES

PARIS

LIBRAIRIE HACHETTE et Cie

79, BOULEVARD SAINT-GERMAIN, 79

LES

CERTIFICATS DE FRANÇOIS

OUVRAGES DU MÊME AUTEUR

PUBLIÉS DANS LA

BIBLIOTHÈQUE DES ÉCOLES ET DES FAMILLES

Illustrés de nombreuses gravures

DEUXIÈME SÉRIE — FORMAT IN-8 RAISIN

Chaque volume broché, 2 fr. 50. — Cartonnage maroquin, tranches dorées, 3 fr. 60
Cartonnage percaline, tranches dorées, 3 fr. 90

LE LOCATAIRE DES DEMOISELLES ROCHER. Un vol.
LE ROMAN D'UN CANCRE. Un vol.

LES ÉPREUVES D'ÉTIENNE. Un vol.
LA FAMILLE GAUDRY. Un vol.

SECOND VIOLON. Un vol.

TROISIÈME SÉRIE — FORMAT IN-8 RAISIN

Chaque volume, broché 2 fr. — Cart. maroquin, 2 fr. 60. — Cart. percaline, tranches dorées, 3 fr.

LES REMORDS DU DOCTEUR ERNSTER. Un vol.
LES CERTIFICATS DE FRANÇOIS. Un vol.
LE CAPITAINE BASSINOIRE. Un vol.

TOM BROWN, SCÈNES DE LA VIE DE COLLÈGE EN
ANGLETERRE. Un vol.
FAUSSE ROUTE. Un vol.

QUATRIÈME SÉRIE. — FORMAT IN-8

Chaque volume, broché 1 fr. 10. — Cart. maroquin, 1 fr. 35. — Cart. percaline, tranches dorées, 1 fr. 70

BONNES BÊTES ET BONNES GENS. Un vol.
PETITS CONTES ALSACIENS. Un vol.
LES GENS DE BONNE VOLONTÉ. Un vol.

RÉCITS DE LA VIE RÉELLE. Un vol.
LA NIÈCE DU CAPITAINE. Un vol.
LA VIE DE CE MONDE. Un vol.

CINQUIÈME SÉRIE — FORMAT IN-8

Chaque volume, cartonnage maroquin, tranches jaspées, 1 fr.

CONTES SANS MALICE. Un vol.
FILLETTES ET GARÇONS. Un vol.
CHACUN SON IDÉE. Un vol.

TÊTES SAGES ET TÊTES FOLLES. Un vol.
UN PEU PARTOUT. Un vol.
RÉCITS ET MENUS PROPOS. Un vol.

SIXIÈME SÉRIE — FORMAT IN-8

Chaque volume, cartonnage maroquin, tranches jaspées, 80 cent.

TOUT CHEMIN MÈNE-T-IL A ROME? Un vol.

LE FILS DE L'ÉCLUSIER. Un vol.

HUITIÈME SÉRIE — FORMAT IN-16

Chaque volume, cartonnage maroquin, tranches rouges, 60 cent.

LE BRIN DE FIL. Un vol.
CONTES A PIERROT. Un vol.
CONTES A JEANNOT. Un vol.

LES AVENTURES DE COLIN-TAMPON. Un vol.
A QUI LA FAUTE? Un vol.

NEUVIÈME SÉRIE — FORMAT IN-16

Chaque volume, cartonnage, tranches jaspées, 35 c.

PAULETTE. Un vol.
UN DRÔLE D'OISEAU. Un vol.
LA VOCATION DE PAUL VIOLET. Un vol.

MON ONCLE ET MOI. Un vol.
LE RÊVE DE FRANÇOISE. Un vol.

47692. — Imprimerie LAHURE, rue de Fleurus, 9, à Paris.

LES
CERTIFICATS DE FRANÇOIS

PAR

J. GIRARDIN

OUVRAGE ILLUSTRÉ DE 14 GRAVURES

CINQUIÈME ÉDITION

PARIS
LIBRAIRIE HACHETTE ET Cᴵᴱ
79, BOULEVARD SAINT-GERMAIN, 79

1902

LES

CERTIFICATS DE FRANÇOIS

I

Il y a vingt ans de cela. J'avais affaire à la mairie de mon
arrondissement : une inscription, tracée en noir sur le mur
du vestibule, m'indiqua le gisement du bureau où je devais
m'adresser : c'était au premier, dans le corridor de droite.

Le vestibule du premier était meublé, en tout et pour tout,
d'un grand poêle de faïence, d'une banquette et d'un garçon de
bureau.

Le corridor de droite était un couloir long, étroit et sombre;
car il ne recevait la lumière qu'à travers les panneaux de verre
dépoli des trois bureaux 7, 8 et 9. C'est au 9ᵉ bureau que
j'avais affaire. J'eus donc à traverser le couloir dans toute sa
longueur, frôlant les jambes d'une quinzaine de personnes,
immobiles et silencieuses, qui attendaient, assises côte à côte
sur une longue banquette. Comme il n'y avait plus de place
sur la banquette, je me tins debout, près de la porte du
9ᵉ bureau.

Il était deux heures. L'inscription qui se détachait en noir
sur le panneau de verre dépoli déclarait que le bureau était
ouvert de une heure et demie à quatre heures et demie : j'étais
donc fondé à croire que l'audience était commencée. Pour tuer

le temps, en attendant mon tour, je regardai mes compagnons et mes compagnes d'infortune. A vrai dire, il y avait plus de compagnes que de compagnons, comme je pus le constater quand mes yeux se furent habitués à la demi-obscurité du local : trois ou quatre hommes tout au plus, le reste du public se composait de femmes, vieilles pour la plupart, avec des toilettes très modestes, et des mines discrètes et méfiantes de petites rentières. On aurait dit une enfilade d'hirondelles perchées sur un fil télégraphique.

II

Au milieu d'un silence sépulcral j'entendis la vieille dame qui était en tête du banc, dire tout bas à sa voisine, d'un ton de résignation morose : « Vous verrez qu'on nous fera encore attendre jusqu'à trois heures ! »

« Comment ! pensai-je en moi-même, l'employé n'est pas à son poste ! » A cette idée, l'impatience me prit, et je me dirigeai vers la porte du bureau pour voir si réellement l'employé n'était pas encore là.

« Hé ! pstt ! dites donc ! »

Un homme s'était levé, à l'autre extrémité de la banquette, et je pus constater que son apostrophe ultra-cavalière s'adressait à moi et à nul autre. L'homme, vêtu en ouvrier endimanché, portait toute sa barbe; il me sembla qu'il avait le teint fort animé.

« Pardon, monsieur, lui dis-je, est-ce à moi que ce discours s'adresse?

— Parfaitement, monsieur : nous sommes tous égaux ici !

— Je ne crois pas avoir dit le contraire. »

Là-dessus, ne voulant pas discuter plus longtemps, je posai ma main sur le bouton de cuivre de la porte. L'homme, en trois enjambées, était venu se placer à mes côtés. J'entr'ouvris la porte et il put constater comme moi que le bureau était vide.

« C'est trop fort, s'écria-t-il en regardant les autres patients, pourquoi payons-nous les employés, si ce n'est pas pour les avoir à notre disposition? Est-ce qu'ils croient que nous avons du temps à perdre, nous autres? Je me plaindrai, je lui ferai perdre sa place, je.... »

III

Là-dessus, il se dirigea vivement vers l'extrémité du couloir, et je crus sérieusement qu'il allait se précipiter dans le cabinet du maire, et demander sur l'heure la révocation de l'employé retardataire.

Point du tout. Arrivé près de la porte, il se laissa tomber lourdement à sa place, sur l'extrémité de la banquette, et épuisa son indignation en paroles inintelligibles qu'il grommelait dans sa barbe.

Alors, je traversai le couloir à mon tour et j'allai trouver le garçon de bureau.

« Mon ami, lui dis-je poliment, veuillez prévenir l'employé du 9e bureau que sa montre retarde de plus d'une demi-heure.

— Pas possible! » s'écria le garçon, qui avait l'air de se réveiller d'un songe. « Tiens, c'est ma foi vrai! » ajouta-t-il après avoir consulté du regard le cadran de la pendule. Puis il fit : « houp! » se leva de la banquette, non sans effort, e dégringola l'escalier avec une merveilleuse vélocité.

Quand je regagnai mon poste, l'homme morose regarda me pieds d'un air vindicatif, et grommela quelque chose entre ses dents. Il croyait parler pour ses voisins seulement, mais j'entendis fort bien les paroles suivantes : « Avez-vous vu dégringoler le garçon? Parce que ce monsieur est un monsieur à

redingote et à tuyau de poêle, on va lui servir l'employé sur
une assiette avec du persil, et nous autres, nous en aurons, s'il
en reste. » Il ajouta avec un attendrissement d'ivrogne :
« Pauvre prolétaire, on te foulera toujours aux pieds, toujours
et toujours ! » Après quoi, il parut s'assoupir.

Au bout de deux ou trois minutes, l'employé du n° 9 fit son
apparition. C'était un homme de bonne mine ; je dois ajouter,
à sa louange, qu'il avait l'air légèrement penaud, et qu'il ne
semblait nullement disposé à rudoyer le public, pour le punir
d'avoir attendu une demi-heure de trop.

<h2 style="text-align:center">IV</h2>

Au moment où l'employé du n° 9 avait traversé le couloir, il
y avait eu tout le long de la banquette un bruissement et une
agitation comparables au bruissement et à l'agitation des arbres
qui bordent la voie ferrée, au passage d'un train rapide. Quand
il eut refermé la porte sur lui, il y eut un silence de curiosité
et d'attente, que l'on pourrait interpréter ainsi : « A présent
que ce monsieur nous a rendu service à tous en dénichant l'employé, qu'est-ce qu'il va faire? N'est-ce pas un peu son droit de
passer le premier? »

« Madame, dis-je à la vieille petite dame qui était assise en
tête de la banquette, n'est-ce pas vous qui êtes arrivée la première?

— Oui, monsieur, me répondit-elle en me regardant un
peu de côté, d'un air timide et embarrassé.

— Eh bien, madame, permettez-moi de vous introduire :
c'est votre droit de passer la première. »

J'entr'ouvris la porte du bureau n° 9, et la vieille dame se
faufila dans l'intérieur, non sans m'avoir remercié d'un signe
de tête et d'une belle révérence.

Quand j'eus refermé la porte sur elle, je revins à ma place. Aussitôt la dame n° 2, encore plus vieille et plus décrépite que la dame n° 1, mais beaucoup moins timide et moins timorée, me dit : « Ne demeurez pas debout plus longtemps, monsieur : vous voyez qu'il y a une place vide ».

J'allais bien certainement entamer un bout de conversation, après m'être assis à côté d'elle, lorsque la porte du bureau s'ouvrit, et la dame n° 1 sortit et enfila le couloir pour se sauver bien vite.

Ma voisine me regarda, et je regardai ma voisine, et tous les autres nous regardèrent pour savoir si j'avais fait une faveur spéciale à la dame n° 1, en la laissant passer avant moi, ou si j'étais bien décidé à me conformer à la loi, en ne passant que le seizième.

« A vous, madame », dis-je poliment à ma seconde voisine, qui ne se fit pas prier.

Il y eut une poussée sur la banquette, et comme l'hirondelle n° 5 se trouvait être une ouvrière assez jeune et très timide, je m'abstins, par convenance, de lui adresser la parole.

Quand le n° 5 eut terminé son petit colloque avec l'employé à l'intérieur du bureau n° 9, et rouvert la porte pour s'éloigner, le n° 4 se leva sans hésitation, étant bien démontré que j'avais l'intention de ne prendre la place de personne et de laisser les choses suivre leur cours régulier.

V

En ce moment, l'homme à barbe se leva, après avoir échangé quelques mots à voix basse avec le voisin qui le précédait. Il déposa son chapeau sur la banquette, puis il s'éloigna rapidement, et je l'entendis descendre l'escalier.

Trois nouveaux venus prirent place à la suite du chapeau.

Au bout de dix minutes environ, l'homme à barbe reparut ;

il avait les cheveux tout mouillés, comme s'il venait de recevoir
une douche.

Une fois assis à sa place, cet homme demeura immobile, regardant devant lui, d'un air grave et soucieux. Machinalement,
il appuyait à droite quand il se faisait un vide et que son voisin
appuyait à droite; pas une seule fois, il ne tourna les yeux de
mon côté. Au bout d'une demi-heure, nous ne fûmes plus sé-
parés que par une seule personne, qui disparut à son tour.

L'homme barbu, poussé par son voisin de gauche, se rapprocha de moi; mais il laissa un petit intervalle entre nous,
comme s'il avait peur de me toucher. Il tenait à deux mains
son chapeau sur ses genoux, et je vis que ses deux mains tremblaient un peu.

Tout à coup, prenant son parti, il se tourna à demi vers
moi, et me dit à voix basse :

« Je ne suis pas un mauvais homme monsieur, voulez-vous
me permettre de vous parler?

— Mais certainement, mon ami, lui répondis-je.

— Je vous remercie, reprit-il humblement. Tout à l'heure
j'ai été grossier avec vous, sans aucune raison.... Cela me rend
très malheureux : voulez-vous..., croyez-vous que vous voudrez
bien me pardonner?

— Je crois, et même je suis sûr que je veux bien », lui dis-je
gaîment.

Ses lèvres tremblaient quand il ajouta : « Voulez-vous m'ac-
corder une faveur? Vous me rendriez très heureux, si vous
vouliez bien, pour me prouver que vous me pardonnez....

— Si je voulais bien quoi ?

— Prendre mon tour, monsieur, et passer avant moi.

— Si vous y tenez absolument....

— Faites cela, monsieur, pour m'obliger.

— Eh bien, j'accepte. »

Sa main droite, posée sur son chapeau mou, s'agita et s'éleva
de quelques pouces, puis elle retomba sur le rebord du chapeau
avec un petit frémissement nerveux. Je compris ce mouvement,
cette hésitation, et, allongeant ma main droite, je saisis cette
pauvre main frémissante et comme honteuse, et je la serrai

cordialement. « Êtes-vous sûr, maintenant, lui demandai-je, que nous nous entendons parfaitement?

— Je suis sûr, me répondit-il avec un sourire un peu triste, que vous êtes un brave homme, et que.... »

La porte du 9ᵉ bureau venait de s'ouvrir et c'était mon tour d'entrer.

VI

Le commerce des hommes m'a appris qu'il est peu, très peu d'âmes humaines où l'on ne trouve, en cherchant avec patience, beaucoup plus de bien que de mal. Aussi, c'est pour moi un passe-temps favori de causer avec les gens que le hasard met sur mon chemin, et de les amener à parler d'eux-mêmes, et à montrer, comme on dit vulgairement, le fond du sac.

L'homme à barbe avait piqué ma curiosité, excité mon intérêt; de plus, il m'avait donné barres sur lui par ses effusions de la dernière minute, et je résolus de profiter de l'occasion qui s'offrait si naturellement de satisfaire ma passion favorite.

Ma petite affaire terminée avec l'employé du 9ᵉ bureau, je descendis lentement l'escalier, et je me mis en faction dans le vestibule d'en bas.

« De quel côté allez-vous? » lui dis-je sans préambule.

Il me répondit qu'il retournait chez lui, et m'indiqua les rues qu'il devait prendre pour cela.

« Eh bien, repris-je, nous pourrons faire un bout de chemin ensemble, si toutefois cela vous convient.

— J'en serai content », me répondit-il avec la plus grande simplicité. Et il reprit : « Oui, j'en serai content. J'ai quelque chose sur le cœur, que je voudrais vous dire.

— Alors, en avant! et dites-moi cela tout de suite. »

VII

« Quoique vous m'ayez vu gris, reprit-il en regardant devant
lui, je tiens à vous dire que je ne suis pas un ivrogne. Je suis
très sobre, à mon ordinaire, et c'est peut-être pour cela qu'un
verre de trop m'a monté à la tête. Quoique je vous aie parlé
grossièrement, je ne suis pas grossier. Ce verre de trop m'a fait
dire des choses qui ne sont pas dans mes idées habituelles. Je
suis content de mon lot... sauf sur un point, qui n'a rien à
voir avec les questions de classes. Je ne porte pas envie aux
riches ; non, je ne mange pas de ce pain-là,... quoique j'aie eu
à me plaindre d'un homme riche, mais là... cruellement. C'est
peut-être ce souvenir-là qui m'a fait croire que vous vouliez
passer avant nous tous, quoique arrivé le dernier. Oui, ce doit
être cela. Vous avez été trop bon de ne pas me traiter comme je
le méritais. Quand j'ai vu que vous alliez chercher l'employé, je
me suis dit : « Bête, tu aurais dû songer à cela au lieu de gro-
« gner après ce monsieur ». Au lieu de me calmer, cette réflexion
me rendit plus mauvais, effet du verre de trop,... et je me dis :
« Ce monsieur va se payer de sa peine, et c'est peut-être juste
« dans son idée, mais ce ne l'est pas dans la mienne, et je ne
« vois pas pourquoi, parce que je suis un ouvrier et lui un mon-
« sieur !... » des stupidités, quoi !

« Quand j'ai vu que vous ne preniez la place de personne, je
me suis dit : « Flatte, tu n'es qu'une brute, et tu vas faire des
« excuses au monsieur ». Mais pour faire des excuses présenta-
bles, il faut être dans un état présentable. Alors, je me suis souvenu de la station de voitures qui est à côté de la mairie, j'ai pensé
à la petite fontaine et au seau pour donner à boire aux chevaux :
je me suis fait donner une douche par un gros cocher, qui n'y
allait pas de main morte. Alors, monsieur, je vous ai fait mes

excuses, je me devais ça à moi-même; puis vous avez eu la bonté
le me serrer la main....

— Et de prendre votre tour, dis-je en riant.

— Ça, reprit-il en me regardant pour la première fois,
c'était plus que de la bonté, c'était de la délicatesse. Je vous en
serai toujours reconnaissant. Et j'ai bien d'autres raisons de
vous être reconnaissant. Si, de fil en aiguille, vous ne m'aviez
pas amené, sans vous en douter, à prendre cette bienheureuse
douche, je serais retourné à la maison dans l'état où j'étais ; et
ça *lui* aurait fait de la peine, oh! quelle peine ça *lui* aurait
fait!

VIII

— A qui cela aurait-il fait de la peine? lui demandai-je
aussitôt : à votre femme, sans doute?

— A ma femme? reprit-il d'une voix altérée. O Dieu, non!
Je l'ai perdue il y a trois ans, et je puis bien dire que ç'a été le
plus grand malheur de ma vie. Nous nous aimions bien, et nous
étions aussi heureux dans notre petit logement que les riches
peuvent l'être dans leurs grandes belles maisons. Nous avons
vécu côte à côte pendant neuf ans, sans avoir eu seulement
l'ombre d'une querelle; neuf ans! Et puis, elle était si jolie et si
avenante, si agréable à voir quand elle allait et venait en s'occupant du ménage, ou bien quand elle se tenait debout devant sa
table de repasseuse, car elle était repasseuse de linge fin. C'est un
état mignon et propre, qui semblait avoir été inventé exprès
pour elle. C'est certainement pour son bon cœur et son bon
sens que je l'avais prise en amitié et que je lui avais demandé
d'être ma femme; mais je ne pouvais pas m'empêcher d'être
fier en la voyant si propre, si avenante, si jolie à regarder.
Et..., et je l'ai perdue! »

Il parlait simplement, sans emphase, mais avec un accent

de sincérité qui m'allait droit au cœur. Sa douleur, pour être vaillamment contenue, n'en était que plus touchante. Ne trouvant rien à lui dire qui ne me parût à moi-même froid et banal, je passai mon bras sous le sien, que je serrai contre ma poitrine. Il me rendit mon étreinte, et tout à coup, m'entraînant sous une porte cochère, il me dit : « Vous êtes la première personne étrangère, depuis que j'ai eu le malheur de la perdre, à qui l'idée me soit venue de montrer sa photographie; mais quelque chose me dit que vous le méritez; attendez! »

Il tira de sa poche de côté un portefeuille qui contenait quelques papiers et, dans un compartiment spécial, une photographie.

Il fut quelque temps à la tirer de sa cachette, parce que ses doigts tremblaient; enfin, il la plaça sous mes yeux, mais sans se décider à s'en dessaisir, malgré la confiance que je lui avais inspirée.

Le portrait était manifestement l'œuvre d'un photographe de la foire, et, de plus, le temps avait fait pâlir l'image, et l'avait rendue confuse en plus d'un endroit. Néanmoins il était facile de voir que le modèle avait dû être remarquablement joli et distingué, étant donnée sa condition.

Je dis franchement mon opinion, et je remerciai sincèrement mon nouvel ami de la confiance qu'il m'avait témoignée et de la faveur qu'il m'avait faite.

Pendant qu'il remettait son trésor en lieu sûr, avec une maladresse touchante et des précautions infinies, je me disais : « J'ai déjà vu cette figure de femme; mais où? mais quand ? »

IX

Nous nous étions remis à marcher côte à côte. L'homme regardait devant lui, sans rien voir, avec l'expression de visage

et la démarche de quelqu'un qui sort d'un sanctuaire. Et, de
fait, ne sortait-il pas du sanctuaire des souvenirs les plus purs,
les plus doux et les plus tristes? Je me fis un devoir de respecter son recueillement et son silence; mais je me répétais tout
bas ma question de tout à l'heure : « Où et quand ai-je vu cette
figure de femme ? car je suis sûr de l'avoir vue. »

Mon compagnon poussa un soupir, comme un homme qui
s'éveille, et puis tout d'un coup, brusquement, il reprit la conversation au point où nous l'avions laissée quand il m'avait
entraîné sous la porte cochère pour me montrer son trésor.

« C'est, dit-il, de mon garçon que je voulais parler; c'est à
lui que ça aurait fait de la peine de voir son père dans un état
honteux. Du reste, ç'aurait été la première fois de sa vie qu'il
aurait vu cela. Je n'ai jamais mis le pied dans un cabaret, et je
ne sais pas ce que c'est que les liqueurs fortes.

« Aujourd'hui j'ai été à l'enterrement d'un pauvre vieux
camarade; j'ai retrouvé des amis de vingt ans que j'avais perdus
de vue. Ils m'ont emmené déjeuner pour causer du bon temps,
et voilà. Mais c'est assez et trop d'une fois : on ne m'y reprendra
plus.

— J'en répondrais pour vous, lui dis-je avec la plus parfaite
sincérité. Mais, dites-moi, votre garçon, quel âge a-t-il?

— François a treize ans, monsieur; et je puis dire qu'il n'y
a pas un garçon de treize ans, fils d'ouvrier, bien entendu,
capable de lui en remontrer pour tout ce qui s'apprend dans
les écoles, la lecture, l'écriture, le calcul, et un tas de choses
dont je ne sais pas les noms.

— Qu'en comptez-vous faire?

— J'en comptais faire un bon ouvrier; mon idée était de le
mettre en apprentissage chez un cordonnier : un bon métier, la
cordonnerie, quand le cordonnier a de l'instruction, des idées
et de l'ordre.

— Vous dites : *je comptais*, vous ne comptez donc plus? »

Il se mordit les lèvres et fit de la tête un signe négatif. Il me
vint tout de suite à l'idée que ce brave homme, comme tant de
braves gens à courte vue, s'était mis en tête de faire de son fils
un monsieur, c'est-à-dire un déclassé.

« Mon ami, lui dis-je, vous allez peut-être me trouver un peu curieux si je vous demande pourquoi vous avez renoncé à faire de votre fils un bon ouvrier ?

— Oh non ! monsieur, je ne vous trouverai pas bien curieux ; je sais que vous demandez cela par intérêt. Attendez que nous soyons à trois rues plus loin, et je vous montrerai l'endroit où il a été décidé que François ne serait pas un ouvrier. »

Les rues que nous suivions depuis quelque temps devenaient de plus en plus tristes et solitaires, à mesure que nous pénétrions plus avant dans le faubourg.

A un certain moment il me posa la main sur le bras, pour m'empêcher d'aller plus loin : « C'est ici », reprit-il d'une voix rauque, et les doigts de sa main s'agitaient sur mon bras.

Je regardai autour de moi, et voici ce que je vis.

X

Je vis une rue de village en plein Paris. La marée montante de la ville monstre avait absorbé le village, et laissé la rue en l'état, quant à la forme générale ; mais elle avait fait disparaître la verdure et la lumière, et la rue de village avait un trottoir de bitume et une chaussée pavée ; les maisons et les murs de jardins avaient pris cette teinte fuligineuse dont l'atmosphère de Paris badigeonne les immeubles négligés.

« Vous voyez, me dit le père de François, comme c'est tranquille ; les garçons de l'école en ont fait leur cour de récréation. Il n'y a de vie et de mouvement par ici qu'aux heures où les enfants sortent de classe. Je suis sûr qu'il n'y passe pas deux voitures en huit jours.

« Il y a de cela un an, François sortait de l'école avec ses camarades. Les uns jouaient aux barres, les autres au chat

« Un bon métier la cordonnerie... »

2

coupé, il y en avait qui faisaient des parties de billes et de fos-
sette sur la chaussée.

« Tout à coup une voiture de maître débouche par le coin
qui est en face de nous. François, qui jouait aux barres, et qui
était, comme ils disent, prisonnier, s'aperçoit qu'un petit était
resté au milieu de la chaussée, tout occupé à dessiner sur les
pavés avec du charbon.

« Il se jette sur lui et le retire au moment où la voiture
allait l'écraser. Malheureusement François avait trébuché, et
sa main gauche était encore sur le pavé : une des roues de
derrière lui écrasa la main.

« Il a fallu amputer la main, et voilà pourquoi, monsieur, je
ne puis pas faire de mon François un ouvrier. Les voisins m'ont
bien dit : « Faites-en un maître d'école : il a tout ce qu'il faut
pour cela ». Oui, il a tout ce qu'il faut du côté de l'instruction
et de la capacité, mais il lui manque la force : il est trop délicat,
surtout depuis son accident. Quand un père songe à établir son
enfant, il ne se dit pas : « Que je me débarrasse de lui d'une
« manière ou d'une autre, peu importe, pourvu que je m'en
« débarrasse! » Ce serait du joli. On songe à l'avenir, n'est-ce
pas, monsieur?

— Bien entendu; et plus je cause avec vous, plus je vois que
vous êtes un brave et digne homme et que vous avez un sentiment très net de vos devoirs de père.... Eh bien, voyons, vous
avez dû songer à quelque chose pour votre François.

— Oui et non. Ce qu'il lui faudrait, à mon idée, ce serait
une place bien tranquille dans un bureau.

— Votre idée est bonne.

— Oui, monsieur, mais voilà. Ces places-là, c'est le diable
pour les décrocher. Un marchand des quatre saisons, comme
moi, ne va pas au bal chez des princes et des ambassadeurs. Il
faudrait connaître quelqu'un, et je ne connais personne.

— Vous me connaissez, moi, et je pourrais peut-être....
Sommes-nous loin de chez vous?

— Non, monsieur : je demeure au commencement de l'autre
rue.

— Eh bien, emmenez-moi avec vous, je désire faire connaissance avec François : on ne peut pas offrir les services d'une personne quelque part sans pouvoir dire aux gens : « Je con- « nais la personne ».

— C'est trop juste, monsieur. »

XI

« Vous êtes sûr, repris-je, que nous trouverons François à la maison ?

— Tout à fait sûr ; il m'a dit qu'il m'attendrait, et il n'a qu'une parole.

— Et à quoi s'occupe-t-il en votre absence ?

— Sauf les lits, c'est lui qui fait tout le ménage et s'occupe de la cuisine. Et puis, il copie des rôles pour les hypothèques, vous connaissez cela ? Et puis, il met au net les mémoires des serruriers, des maçons et des fumistes, et puis, il écrit des lettres pour les personnes qui ne savent pas écrire. Nous voilà arrivés. Je passe devant, pour vous montrer le chemin et vous ouvrir la porte. »

Arrivé devant la porte d'un logement, au second étage, le père de François m'introduisit dans une petite pièce où il y avait une installation de cuisine et un lit. Je fus frappé tout de suite de la propreté et de l'ordre qui régnaient dans cette pièce.

Mon hôte ouvrit une autre porte. Dans la seconde pièce il y avait une commode, une armoire, un lit, et une petite table en bois blanc, couverte de papiers. François se leva vivement, un peu interloqué de voir entrer un étranger.

Mes regards se portèrent aussitôt sur son bras gauche, et mon cœur se serra à la vue de ce pauvre bras qui n'avait plus de main.

« Voilà, dit le père à son garçon, un monsieur qui a la bonté de s'intéresser à toi, et qui ne serait pas fâché de voir de ton ouvrage. »

François m'offrit une chaise à côté de la table, et comme il hésitait à se rasseoir, par politesse, je lui fis signe de reprendre son siège.

Alors seulement je vis distinctement sa figure, et je ne pus m'empêcher de m'écrier :

« Tout le portrait de sa mère.

— N'est-ce pas, monsieur? s'écria le père en passant avec complaisance sa grosse main rugueuse sur les boucles blondes de son enfant.

— Ce n'est pas tout, repris-je : François et moi, nous sommes de vieilles connaissances.

— Ah bah! pas possible! s'écria le bonhomme Fiatte en portant ses regards ahuris de François à moi, et de moi à François. En voilà une bonne plaisanterie, ajouta-t-il ; pour une bonne, c'en est une bonne, par exemple.

— François, repris-je, a l'air de ne pas me reconnaître, mais moi, je le reconnais bien. Voyons, François, ne soyez pas si timide, et regardez-moi bien en face. »

François obéit et me regarda bien en face, de ses yeux honnêtes et francs, mais il était facile de voir qu'il ne me reconnaissait pas.

Le bonhomme Fiatte, se figurant sans doute que ce n'était pas poli de la part de François de ne pas me reconnaître, lui dit :

« Allons, bonhomme, ce n'est pas possible que tu ne reconnaisses pas monsieur, puisque monsieur te fait l'honneur de te reconnaître, lui.

— Non, père, répondit François en rougissant, je ne reconnais pas monsieur. »

XII

Le père fit un geste de dépit et de désappointement, et il allait sans doute prononcer quelque parole de sévère désapprobation, quand je l'arrêtai d'un geste.

« Je suis, lui dis-je, l'obligé de François, et il est tout naturel que je me rappelle sa figure. Laissez-moi faire, je m'en vais lui rafraîchir la mémoire. Il y a deux ans de cela, à peu près. C'était sur le boulevard de Clichy. Un monsieur qui venait d'acheter un bouquet de violettes laissa tomber par mégarde son porte-monnaie. Un jeune garçon qui passait ramassa le porte-monnaie et le rendit gentiment au monsieur. Et même je me souviens que le monsieur, ayant voulu le récompenser de son honnêteté, lui offrit une pièce d'un franc. Le jeune garçon refusa très poliment, mais enfin il refusa. Monsieur Fiatte, le monsieur distrait c'était moi, et le gentil garçon, si honnête et délicat, c'était François. Quand vous m'avez montré la photographie que vous savez, je me suis dit que j'avais déjà vu cette tête expressive, et je ne me trompais pas, car je l'avais vue sur les épaules de notre ami François. Voyons, François, me reconnaissez-vous à présent?

— Oui, monsieur, me répondit timidement François, je vous reconnais à présent.

— Ce n'est pas malheureux, fit observer le bonhomme Fiatte : seulement, figurez-vous que l'animal ne m'a jamais dit un mot de l'histoire.

— Je ne l'en aime que mieux, répliquai-je vivement. S'il vous avait caché quelque fredaine, ce serait très mal de sa part ; mais il a montré beaucoup de délicatesse en ne se vantant pas d'avoir fait quelque chose de bien. François, votre main, mon ami ; et maintenant, montrez-moi votre savoir-faire. Il ne s'agit pas ici de rougir et de faire le modeste, il s'agit de passer un examen sérieux. »

L'humble fils du marchand des quatre saisons avait une écriture nette, fine et distinguée ; il calculait très bien, et je pus m'assurer que ses connaissances générales étaient réellement fort étendues pour son âge et pour sa condition. De plus, il avait le jugement sain et les sentiments élevés.

Il restait sur la table un papier que je n'avais pas inspecté.

« Qu'est-ce que c'est que cela ? lui demandai-je.

— Oh ! monsieur, ce n'est rien ! c'est une lettre que la voisine d'au-dessus m'a prié d'écrire au propriétaire.

— Alors ce n'est pas une lettre intime, une lettre de famille.

— Non, monsieur, c'est une espèce de pétition.

— Puis-je la lire ?

— C'est que... je n'ai pas l'habitude d'écrire des lettres comme cela,... je n'écris guère que des lettres de fête et de bonne année....

— Voyons toujours. »

Il me tendit poliment la lettre, mais je vis bien à son air embarrassé qu'il n'espérait pas avoir à s'en faire beaucoup d'honneur.

XIII

Cette lettre était exquise, comme tout ce qui part d'un cœur simple, naïf et compatissant. Le brave enfant s'était mis, par la pensée, à la place de l'honnête mère de famille qui avait toujours fait honneur à ses affaires, et que des malheurs imprévus avaient rendue incapable de payer le dernier terme échu. Elle faisait appel aux bons sentiments de son propriétaire, rappelait son exactitude habituelle, les douze ans qu'elle avait passés dans la maison, et offrait comme garantie de sa dette son honnêteté et toute sa vie passée.

« J'approuve de tout mon cœur la rédaction de cette lettre,
dis-je à François pour le tirer d'angoisse. Et, dites-moi, quand
doit-elle partir ?

— Madame Chabert doit venir la chercher dans une heure,

— C'est dommage, j'aurais aimé à l'emporter avec les papiers
que vous avez bien voulu me confier.

— Si ce n'est que cela, monsieur, dit François avec quelque
hésitation, vous pouvez l'emporter.

— Mais Mme Chabert?

— Je lui en ferai une autre. Comme je sais bien ce que j'ai
à dire, ce ne sera pas long.

— Si cependant vous aimez mieux la recopier, j'attendrai.

— Oh! monsieur, je ne voudrais pas vous faire attendre, et
ce n'est certainement pas la peine : je la sais quasiment par
cœur. »

Je joignis la lettre au petit dossier que j'avais déjà dans ma
poche de côté, et je promis à François qu'il aurait bientôt de
mes nouvelles.

Le bonhomme Fiatte, malgré mes refus réitérés, tint absolument à me reconduire, sous prétexte de me signaler les marches
défectueuses de l'escalier et de me piloter dans le labyrinthe
de ce quartier excentrique.

« Monsieur, me dit le marchand des quatre saisons dès que
nous fûmes sur le trottoir, quand ma femme était si malade,
j'accompagnais toujours le docteur jusqu'au bas, pour lui
demander la vérité, parce que, vous savez, il y a des choses que
les médecins ne veulent pas et même ne doivent pas dire devant
les malades. Aujourd'hui j'ai fait de même. Vous avez été bon
comme du bon pain pour mon enfant; et vous lui avez dit des
choses dont je vous serai reconnaissant toute ma vie. Mais je
me demande si ce n'est pas la pitié qui vous a fait parler
quand vous vous êtes trouvé en face d'un pauvre petit mutilé si
intéressant.

— Écoutez-moi bien, lui répondis-je en m'arrêtant en face
de lui, et regardez-moi bien dans les yeux. Tout ce que j'ai dit,
je le pense; et j'ajouterai que je n'ai pas même dit tout ce que
je pensais. L'enfant est modeste et délicat, je ne voulais ni

offenser sa modestie ni froisser sa délicatesse. Il y a un proverbe latin qui dit : *L'enfance a droit à notre souverain respect.*

— Comme c'est vrai ! s'écria le brave homme, et dire que sans vous j'aurais manqué de respect à mon enfant. Tenez, monsieur, pendant que nous en sommes sur ce chapitre-là, il y a quelque chose qu'il faut que vous sachiez, puisque vous voulez bien vous intéresser à lui, quelque chose que j'ai été sur le point de vous dire devant lui. Je ne sais pas le latin, et je ne connaissais pas le proverbe dont vous parliez tout à l'heure, mais j'ai senti tout de même qu'il valait mieux attendre. Voici ce que c'est. Quand on lui a coupé sa pauvre main, il a supporté cela comme un homme, et quand il a vu que je ne me consolais pas de le voir mutilé et que je me prenais la tête à deux mains en accusant le bon Dieu, il m'a dit, tout pâle encore avec une petite figure si maigre sur son oreiller : « Père, toutes nos « lamentations ne me rendront pas la main que j'ai perdue. « M'est avis qu'il vaut mieux penser à ce que nous pourrons « faire de celle qui me reste. Nous en ferons bien des choses, « tu verras, tu verras ! »

En prononçant ces dernières paroles, le pauvre père se tourna du côté du mur pour me cacher ses larmes, et je vis au mouvement de ses épaules qu'il faisait tous ses efforts pour étouffer un gros sanglot.

J'avais moi-même les yeux humides. Passant mon bras sous celui du brave homme, je lui dis, sans chercher à voir son visage : « Vous avez bien fait de me dire cela. Cela complète pour moi le portrait de votre François. Je lui ai promis, à lui, qu'il aurait bientôt de mes nouvelles. Je vous promets, à vous, de lui trouver une bonne position, quand je devrais remuer ciel et terre. Je vous en donne ma parole d'honnête homme. Adieu, ou plutôt au revoir ! »

XIV

Le lendemain matin, à onze heures précises, je sonnai à la porte de mon vieil ami Veillat : tout le monde connaît Veillat, le richissime fabricant d'éventails.

« Très gentil d'être venu nous surprendre, me dit Veillat; pas plus tard qu'hier ma femme me demandait ce que tu devenais. Car, sans reproche, il y a quelque chose comme un mois qu'on ne t'a vu. Et cependant, ingrat, tu sais combien l'on aime à te voir ici. »

Dès les premiers mots que je lui dis de mon aventure de la veille, il se leva, croisa ses bras sur sa poitrine, et parcourut le salon en faisant le gros dos. Quand il eut accompli sa promenade, en affectant le marcher saccadé et tragique d'un acteur de mélodrame, il vint se planter en face de moi et me dit :

« Je te connais, beau masque, et je te vois venir; tu m'amènes encore quelque chien crotté que tu as ramassé au coin d'une borne, et qu'il te tarde de me fourrer pour t'en débarrasser et recommencer ta chasse. Assez de chiens crottés! trop de chiens crottés! Tous les goûts sont dans la nature, et je te passerai volontiers cette manie de courre le chien crotté, pourvu que je n'entende plus jamais parler d'aucun gibier de cette espèce, jamais, jamais.

— Voyons, mon bon Veillat.

— Il n'y a point ici de bon Veillat, il y a un honnête commerçant (disons même un notable commerçant) qui tient à trier son personnel; c'est son droit, c'est même son devoir. Or, toi, philanthrope de malheur, ne m'as-tu pas fourré successivement un comptable qui ne savait pas la comptabilité, un homme de peine qui s'endormait dans les coins en lisant le journal, et un

petit trottin qui allait jouer à la marelle sur les boulevards exté-
rieurs au lieu de faire mes courses?

— Je reconnais, répondis-je assez embarrassé, que je n'ai
pas eu la main heureuse, que je me suis laissé tromper; cela
peut arriver à tout le monde. Mais, voyons, un peu d'indul-
gence; si le jeune garçon dont j'ai à te parler....

— Tarare pon-pon! Vienne le prochain mardi gras, je ferai
construire un char pour servir de réclame à ma maison, et au-
dessus de ce char il y aura une bannière où mes concitoyens
liront ces mots en lettres d'or : *Plus de chiens crottés !*

— Des plaisanteries d'un goût douteux n'ont jamais passé
pour des arguments.

— Et si tu me pousses à bout, on lira sur la même bannière :
« Négociants, défiez-vous de mon ami un tel! »

XV

Mme Veillat entra sur l'entrefaite et dit en souriant :

« Il me semble que l'on parle bien fort ici. Est-ce qu'il y
aurait de la brouille dans le ménage?

— Je ne sais pas s'il y a de la brouille dans le ménage, lui
répondis-je en lui serrant la main, mais, dans tous les cas, ce
n'est pas *moi* qui parlais fort.

— Madame est servie », dit le valet de chambre en ouvrant
porte.

J'offris mon bras à Mme Veillat, et je lui dis :

« Le notable commerçant me reprochait de devenir rare;
pour répondre à cet aimable reproche, j'ai cru qu'il était de
mon devoir de lui rendre compte de l'emploi de mon temps.
Dès les premiers mots il s'est emporté; et quand vous êtes
venue à mon secours, il était en train de me traiter du haut
en bas.

— Vraiment, André, le procédé me semble bien peu hospitalier.

— Plus de chiens crottés ! lui répondit mon ami Veillat, pensant que cette déclaration pouvait tenir lieu de toute explication et se passer de commentaire.

— Ah ! ah ! dit Mme Veillat en souriant, je crois comprendre qu'il s'agit de....

— Justement, c'est de cela qu'il s'agit, répondit mon ami Veillat en attaquant de deux ou trois coups bien secs de la lame de son couteau le dôme de son œuf à la coque.

— Madame, repris-je, il s'agit tout simplement d'une histoire que je voulais lui raconter : il m'a interrompu au quatrième mot.

— On les connaît, tes histoires, répondit Veillat en se coupant des mouillettes.

— Ce n'est pas à toi que je parle, lui fis-je observer d'un ton grave, c'est à madame. Oui, madame, c'est à vous que je m'adresse ; que le notable commerçant se bouche les oreilles....

— Tu es mon hôte, dit le notable commerçant, et je ne puis pas t'empêcher de parler à ma femme. Moi, j'écouterai si je veux, et je n'écouterai pas si je ne veux pas, c'est mon affaire. Mais je déclare nettement que plus que jamais je n'accepterai un employé sans de bons et valables certificats.

— Cela est le fait d'un commerçant aussi prudent que notable, et j'approuve cette prudence, répondis-je tranquillement. Maintenant, madame, laissons-le s'empiffrer et soyez assez bonne pour écouter ma petite histoire. »

XVI

Je racontai donc ma petite histoire. Comme les faits parlaient d'eux-mêmes, je n'avais pas à me mettre en frais d'éloquence, et je m'abstins soigneusement de tout commentaire. A plusieurs reprises, je remarquai que Mme Veillat avait des larmes au bord des paupières; quant à Veillat, il mangeait sans rien dire, le nez sur son assiette.

, « En sortant d'ici, dis-je à Mme Veillat, j'irai tout droit chez notre camarade Colombez. »

Notre camarade Colombez est aussi, lui, un notable commerçant. Il gagne un argent fou dans le commerce du café en gros.

« Et qu'est-ce que tu iras faire chez Colombez? me demanda brusquement Veillat.

— J'irai lui demander un petit tabouret et un petit pupitre dans un petit coin de ses vastes bureaux. Comme il est probable qu'il tient à trier son personnel sur le volet, et qu'il n'accepterait pas mon protégé sans certificats, je lui expliquerai clairement les choses et je lui dirai : « Voici les certificats de François :

« 1° Certificat de probité et de délicatesse, pour avoir rendu
« à un monsieur distrait un porte-monnaie bien garni, et
« pour avoir refusé d'accepter la moindre récompense.

« 2° Certificat de bravoure et d'abnégation, pour avoir risqué
« sa vie et perdu un de ses membres en sauvant un enfant
« qui allait être écrasé par une voiture.

« 3° Certificat d'aptitude pour avoir exécuté certains petits
« travaux (que j'ai là dans ma poche, et que je montrerai à
« Colombez) et pour avoir écrit la lettre que j'ai eu l'honneur
« de lire à Mme Veillat. »

« L'enfant n'a que treize ans, c'est vrai, mais Colombez en fera certainement un expéditionnaire en attendant mieux. J'ai dit.

XVII

— Et moi, je vais dire, à mon tour, s'écria Veillat en sortant tout à coup de son immobilité et de son silence : à quoi bon ennuyer Colombez de toutes tes histoires ? Et d'abord je crois qu'il est pour le moment dans le Midi. Je consens à tenter une quatrième épreuve : amène-moi ton chien crotté.

— Chien crotté, toi-même ! m'écriai-je avec indignation.

— Dis donc, malhonnête !

— C'est vrai, aussi : de quel droit affubles-tu d'un nom ridicule un enfant qui vaut mieux que toi ? Je veux croire que tu aurais rendu un porte-monnaie sans accepter de récompense : tes moyens te le permettent. Mais as-tu jamais risqué de te faire tuer ou mutiler pour l'amour d'un de tes semblables ?

— L'occasion m'a manqué, me répondit doucement Veillat.

— Soit ! Mais, le cas échéant, es-tu sûr que tu le ferais ?

— Je l'espère, je le désire, mais....

— Très bien. As-tu jamais, toi qui as fait des études complètes, toi qui as passé dix ans à la pension Massin et au lycée Charlemagne, écrit une lettre comme celle que nous venons de lire.

— Là encore, l'occasion m'a manqué. Étant mon propre locataire, puisque la maison que j'habite est à moi, je n'ai jamais eu l'occasion d'écrire à mon propriétaire pour l'attendrir à propos d'un terme en retard. Allons, mon vieux, ne fais pas cette figure-là, ne te fâche pas, ce n'est pas le moment. Tu vois bien que je plaisante. Je vais te répondre sérieusement. Quoique j'aie vécu sous la tutelle du vénérable M. Poirson, quoique j'aie eu pour professeurs de rhétorique deux hommes aussi distingués que MM. Berger et Lemaire, jamais, fût-ce pour sauver ma vie, je n'aurais tiré de mon cerveau une lettre aussi touchante que celle de ce..., de ce brave petit homme. Amène-le quand tu voudras. »

XVIII

J'amenai, bien entendu, « le brave petit homme » dans le
cours de la journée. Il plut à Veillat, il plut à Mme Veillat,
il plut enfin au chef de la comptabilité, le brave père Pellaprat,
qui me promit d'avoir l'œil sur lui.

Comme François ne pouvait que gagner à être vu de près, le
père Pellaprat ne perdit pas une occasion de le faire monter en
grade. Il vient de succéder, comme chef de comptabilité, au
successeur du père Pellaprat; il est marié, père de famille, et
le bonhomme Fiatte demeure avec lui, très étonné et très fier
de se trouver père d'un monsieur, d'un vrai monsieur, et beau-
père d'une dame, d'une vraie dame. Sa joie est sans mélange,
car, quoiqu'il ait conservé la rudesse et la gaucherie du marchand des quatre saisons, son fils et sa bru le traitent comme
s'il était, lui aussi, un vrai monsieur. Il fume avec délices
sa vieille pipe dans sa jolie chambre, et tous dans la maison,
grands et petits, soutiennent que cela ne se sent pas du tout.
Personne non plus ne le chicane sur sa manie d'arrêter en pleine
rue les marchands des quatre saisons, pour causer avec eux de
son ancien métier, afin de savoir « si ça se passe aujourd'hui
comme dans son temps », et surtout pour raconter que, tel
qu'ils le voient, il a un fils qui est chef de la comptabilité dans
la maison Veillat, un monsieur, quoi! mais un monsieur qui ne
rougit pas de son vieux bonhomme de père.

RUSE COUSUE DE FIL BLANC

I

Il y avait une fois, dans une petite ville d'Alsace, une petite rue solitaire, et dans cette petite rue solitaire, une humble boutique de luthier. Cette boutique de luthier avait un air honnête et inoffensif, et les passants, s'il y en avait eu dans la rue, auraient pu se demander pourquoi le grand Karl Grüberer tremblait si fort en s'en approchant; pourquoi il avait passé trois fois devant la porte, à pas de loup, sans oser entrer; pourquoi, arrivé dans la petite rue, les mains recouvertes d'une paire de gants de filoselle noire, tout flambants neufs, il s'était subitement arrêté, avait regardé ses gants en hochant la tête; pourquoi il s'était caché dans la baie profonde d'une porte cochère, et avait précipitamment retiré ses gants en marmottant : « Ça ne paraîtrait pas naturel! »

Karl Grüberer était un grand garçon d'aspect très doux et sans aucune prétention à l'élégance. Si sa figure était rasée de frais et ses longs cheveux soigneusement peignés, son chapeau de haute forme était devenu un peu mou par l'usage; sa houppelande ne sortait point de chez le bon faiseur, ni son pantalon non plus, ni ses bottes non plus. Son parapluie de cotonnade rouge à manche de corne dans la main gauche, un rouleau de musique sous le bras gauche, un violon enveloppé d'une chemise de serge verte dans la main droite, Karl Grüberer, toujours embarrassé de sa personne, l'était ce jour-là dix fois plus que de coutume.

Chaque fois que Karl Grüberer passait devant la porte, il risquait furtivement un coup d'œil de côté, et chaque fois le même objet frappait ses regards. Cet objet, c'était le vieux M. Schœnmann, vu de dos ; M. Schœnmann, en effet, se tenait debout devant son établi, frottant, coupant, taillant, râpant, polissant un morceau de bois, qui peu à peu prenait la forme d'un chevalet de violoncelle. C'était un dos très honnête et très bienveillant que celui de M. Schœnmann, un brave homme de dos, et qui était fait pour inspirer la confiance et la sympathie. M. Schœnmann, toujours affairé après son chevalet, ne semblait nullement pressé de faire volte-face. Et si c'est ce moment-là que Karl Grüberer attendait pour entrer, il avait le temps d'attendre et d'user le pavé de la petite rue avec les semelles ferrées de ses grosses bottes. Ce fut peut-être cette réflexion-là qui eut raison de son incertitude. Avec le courage désespéré du poltron qui se risque, il s'avança précipitamment, la sueur aux tempes, et mit la main sur le bouton de la porte.

Il n'y eut pas de tintement de sonnette, parce que la sonnette avait perdu son battant et qu'on ne l'avait pas remplacé, mais il y eut un bruit sec de ressort qui se détend, et à ce bruit M. Schœnmann se retourna. Il se retourna tout d'une pièce, comme les gens âgés qui savent ce que c'est que les rhumatismes autrement que par ouï-dire.

II

« Ah! Karl Grüberer, dit-il en renversant un peu la tête en arrière, pour mettre les verres de son lorgnon de niveau avec ses yeux. Il y a un siècle qu'on ne t'a vu. Comment va, mon garçon? »

Karl Grüberer ne répondit pas tout de suite, parce qu'il avait fort à faire à refermer la porte. D'abord la porte était dure, et puis Karl Grüberer était troublé, et puis son parapluie, son rouleau de musique, son violon et son chapeau qu'il avait retiré poliment, le tenaient furieusement empêché.

Après qu'il eut parachevé son travail de force et de patience, Karl Grüberer fit gauchement demi-tour et présenta aux regards de M. Schœnmann une longue figure de mouton toute pâle et contractée par un sourire lamentable.

« Mille fois trop bon, monsieur Schœnmann, dit-il d'une voix tremblante ; ma santé est bonne, et la vôtre aussi, je l'espère. C'est..., c'est rapport à mon violon que je suis venu vous trouver. Je me suis dit : Il n'y a que M. Schœnmann pour vous retaper ça.

— Qu'est-ce qu'il a donc, ton violon?

— Il est malade, monsieur Schœnmann, répondit Karl Grüberer, essayant, mais en vain, de prendre un ton facétieux.

— Il est tout naturel de mener les violons malades chez le médecin des violons, répliqua M. Schœnmann en jetant sur l'homme au violon un regard singulier. Allons, montre-moi cela. »

Karl Grüberer essaya de tirer le violon de son pardessus de serge, mais il ne réussit qu'à laisser tomber son chapeau, puis son parapluie, puis son rouleau de musique. Il semblait prendre à tâche de laisser choir un de ses colis, chaque fois qu'il se baissait pour ramasser l'autre.

M. Schœnmann, impatienté, lui prit l'objet des mains, dénoua les cordons avec une grande habileté et fit glisser la chemise de serge.

Quand le violon fut visible aux trois quarts, Karl Grüberer, posant l'index de sa main droite sur une partie du violon, voisine du manche, dit : « C'est là, monsieur Schœnmann, que ça s'est décollé! »

M. Schœnmann, à travers son binocle, regarda attentivement la partie malade du violon, secoua gravement la tête et dit avec beaucoup de flegme :

« Le violon ne s'est pas décollé, on l'a décollé. On l'a décollé avec un ciseau à froid très mince, et les pesées que l'on a pratiquées ont laissé leurs traces sur le bois. »

III

Karl Grüberer devint rouge comme une pivoine.

« Qu'est-ce qui a pu faire cela? » reprit M. Schœnmann en regardant tantôt le violon et tantôt la figure cramoisie de Karl Grüberer. Karl Grüberer ne répondit rien et se mit à piétiner sur place, comme les gens timides le font souvent, dans les circonstances embarrassantes.

« Aurais-tu, reprit M. Schœnmann, quelque ennemi capable de...?

— Oh non! monsieur Schœnmann, s'écria vivement Karl Grüberer, n'allez pas croire cela; n'allez pas soupçonner un innocent. Je ne me connais pas d'ennemi,... et même, ajouta-t-il en portant vivement la main à son menton, et même.., les affaires vont très bien, elles vont très bien, les affaires.... »

L'ensemble de cette réponse manquait d'enchaînement lo-

« C'est-là, monsieur Schœnmann, que ça s'est décollé. »

gique; car un homme peut être entouré d'ennemis et faire bien
ses affaires, et il peut les faire fort mal ayant beaucoup d'amis.
M. Schœnmann, qui était très malin avec son air bonhomme,
fut frappé de cette absence de logique, et en même temps il y
trouva la clef du mystère Il se pencha une dernière fois sur le
violon décollé, non pas pour se livrer à un nouvel examen, mais
pour dissimuler un sourire plein de finesse et de malice.

« Enfin, reprit-il, cela ne s'est pas fait tout seul, voilà la
vérité; qu'est-ce que tu réponds à cela?

— Ce que je réponds?...

— Oui. Que réponds-tu?

— Je réponds..., je réponds que... c'est moi qui l'ai fait.

— Karl! s'écria M. Schœnmann avec une indignation feinte,
je ne t'aurais pas cru capable de porter la main sur ton propre
violon.

— Ni moi non plus, monsieur Schœnmann, jusqu'au moment
où je l'ai fait, où j'ai été obligé de le faire.

— Obligé?

— Oui, monsieur Schœnmann, obligé! Si j'ai fait cela, c'est
pour avoir une raison de venir chez vous après avoir été si longtemps sans y mettre les pieds. Je n'aurais pas osé venir de but
en blanc, et de but en blanc vous dire ce que j'ai à vous dire.
Non, je me connais, je suis trop timide, trop sot. Je n'aurais
jamais trouvé le premier mot, et maintenant le voilà trouvé. »

Comme il hésitait à continuer, M. Schœnmann lui dit avec
bienveillance : « Je t'écoute, mon garçon, ne t'en tiens pas au
premier mot. J'ai une nièce....

— C'est précisément cela, monsieur Schœnmann, oh! que vous
êtes bon de me tendre la perche. Oui, monsieur Schœnmann,
vous avez une nièce. Quand la mère vivait, je lui ai demandé la
main de sa fille.

— Je sais cela, mon garçon.

— Savez-vous aussi, monsieur Schœnmann, que la mère ne
m'a pas refusé positivement?

— Je le sais aussi.

— Elle m'a dit que Mlle Catherine deviendrait ma femme le
jour où je ne jouerais plus du violon dans les bals publics, et

où j'aurais un emploi qui me permettrait de la faire vivre hono-
rablement.

— Tout cela est parfaitement exact, reprit M. Schœnmann en
secouant gravement la tête.

IV

— La mère, ajouta Karl, m'avait fait promettre de me conduire en homme d'honneur et de ne plus fréquenter sa maison,
jusqu'au jour où je pourrais me présenter en disant : « Je ne
« joue plus du violon dans les bals publics, et j'ai un emploi ! »
Eh bien, monsieur Schœnmann, j'ai tenu ma parole envers la
mère de Mlle Catherine jusqu'à sa mort, et je l'ai tenue envers
vous qui la représentez, jusqu'au jour d'aujourd'hui, où je viens
vous dire : Comme je joue de l'orgue aussi bien que du violon,
j'ai en poche ma nomination d'organiste à Sainte-Odile, ci : douze
cents francs de fixe, sans compter le casuel. M. le maire m'a
demandé des leçons d'accompagnement pour ses deux demoiselles, et voilà M. le percepteur et M. l'agent voyer qui désirent
que je donne des leçons de violon à leurs fils. Monsieur Schœnmann, je viens vous demander la main de votre nièce.

— C'est bien là tout ce que tu avais à me dire ?

— Oui, monsieur Schœnmann, répondit Karl Grüberer d'un
air inquiet. Est-ce que vous trouvez... ?

— Je trouve que tu t'es conduit en honnête homme et que la
demande est honorable. Mais....

— Oh ! monsieur Schœnmann !

— Laisse-moi donc achever. Mais je trouve que ce n'était pas
la peine de victimer ton violon pour venir me dire cela. »

Et M. Schœnmann se mit à regarder le violon d'un air de
profonde pitié.

V

« Ma demande, reprit timidement Karl Grüberer, vous l'acceptez? puis-je espérer que vous l'acceptez, monsieur Schœnmann?

— Minute. Je ne puis pas l'accepter sans avoir consulté ma nièce.

— C'est trop juste, reprit Karl Grüberer avec humilité. Et... quand dois-je venir chercher la réponse?

— Quand le violon sera réparé, répondit malicieusement M. Schœnmann. Et dame! il y a du travail. On ne fourre pas de la colle dans la fente d'un violon comme un maçon met du mortier dans le trou d'un mur. Il faut : 1° décoller tout à fait; 2° nettoyer avec soin; 3° rajuster; 4° recoller; 5° laisser sécher la colle. Ça demande bien deux ou trois jours.

— Oh! monsieur Schœnmann! s'écria Karl Grüberer d'un ton suppliant.

— C'est-à-dire ça demanderait bien deux ou trois jours avec un autre luthier et avec une autre colle. Mais, avec moi, et avec ma *colle instantanée* que je viens d'inventer, cela sera fini à huit heures du soir. »

Karl Grüberer revint à huit heures du soir, et on l'invita à souper. Un mois après, jour pour jour, Mlle Catherine devint Mme Grüberer.

LA DOT DE MARIEN

I

Ses collègues disaient de lui, tout couramment : « Soubre-main mourra vieux garçon, un cigare entre les dents ! »

M. Soubremain était un grand chauve de quarante-deux ans, assez embarrassé de sa longue personne. Étant myope, il portait lunettes ; il portait barbe aussi, non point par coquetterie, car sa barbe était trop clairsemée et d'une nuance trop indécise pour être considérée comme une barbe ornementale. S'il la laissait croître, c'est parce qu'il ne pouvait pas l'en empêcher, et s'il ne se rasait pas, c'est qu'il considérait la barbification quotidienne comme une perte de temps et une dépense inutile.

On pourra inférer de ce qui précède que M. Soubremain était avare de son temps et de son argent. Eh bien, oui ! il l'était, et il n'avait pas tort de l'être, car l'institution Pelequien, où il exerçait les fonctions de professeur de rhétorique, de prépara-teur à tous les baccalauréats, au volontariat et aux écoles du gouvernement (partie littéraire et historique) ne laissait guère de loisirs à ses professeurs d'un bout de la semaine à l'autre, et leur octroyait en échange de très médiocres émoluments à la fin du mois.

Plusieurs de ces messieurs grognaient en quittant le guichet de la caisse, d'autres ricanaient avec amertume, d'autres

hochaient la tête en fronçant les sourcils; seul M. Soubremain
empochait son argent sans témoigner aucune mauvaise humeur. D'où l'on peut conclure qu'il était philosophe, j'entends
philosophe de la bonne école, celle dont les disciples sont toujours disposés à voir les choses par leur bon côté, et à tirer
le meilleur parti possible du lot qui leur est échu en ce bas
monde.

Avec tout cela, M. Soubremain, « le grand Soubremain »,
comme l'appelaient ses collègues, avait dépassé de deux ans la
quarantaine, sans avoir jamais demandé la main de personne,
sans que personne lui eût jamais demandé la sienne.

Tout le personnel savait bien que le grand Soubremain,
content de son sort, n'avait jamais fait la moindre tentative
pour changer d'état et se transformer de célibataire en homme
marié; mais on s'amusait à le taquiner sur ses prétendus
échecs. Par exemple, une modiste l'avait refusé parce qu'il était
trop chauve, une demoiselle de comptoir parce qu'il était trop
barbu, la fille d'un épicier l'avait trouvé trop grand, la fille
d'un riche banquier l'aurait accepté sans ses lunettes. M. Chittre,
le professeur de philosophie, esprit pointilleux et sarcastique,
prétendait que le « grand Soubremain » avait été trois fois
débouté de ses demandes parce qu'au dernier moment on
avait appris qu'il s'appelait Cyrille! Le professeur d'anglais,
qui se trouvait être un Polonais, par conséquent un homme
aimable et gracieux, déclara un jour que l'on ne rendait pas
justice à M. Soubremain. Un ministre avait recherché l'alliance
de M. Soubremain. Mais comme la fille du ministre n'aimait
pas l'odeur du tabac, on avait mis M. Soubremain en demeure
de renoncer solennellement aux douceurs du cigare. M. Soubremain avait répondu : « Plutôt mourir! » et l'affaire en était
restée là.

II

Je ne crois pas, entre nous, que le grand Soubremain eût renoncé à la joie de vivre plutôt que de sacrifier la jouissance de fumer des feuilles de tabac roulées en forme de cigares. Il ne faut rien exagérer. Mais la vérité est que le plaisir de fumer un bon cigare était le péché mignon de l'excellent professeur de rhétorique, sa plus grande, ou plutôt sa seule passion. On ne lui en connaissait pas d'autre.

La médiocrité de ses appointements ne lui aurait pas permis, bien entendu, de s'offrir des cigares de prix : il laissait ceux-là aux banquiers. C'est dans les boîtes accessibles aux petites bourses qu'il faisait ses choix et ses trouvailles.

Il n'était pas de ces fumeurs sans vocation et sans conviction qui entrent dans le premier débit venu, fouillent au hasard dans la boîte, prennent, payent, s'en vont et fument, Dieu sait quoi, pour le seul plaisir d'avoir entre les lèvres quelque chose qui exhale de la fumée.

La chasse aux bons cigares était pour lui ce qu'est la chasse aux livres rares pour un bibliomane. Les jours de congé il employait ses loisirs à se promener de débit en débit, s'enquérant des nouveaux arrivages, guettant les aubaines, découvrant à force de patience, dans les vieux tiroirs, quelques-uns de ces cigares que la Régie a déclassés, qui ne sont plus dans le commerce, que l'ancien débitant avait transmis au nouveau en haussant les épaules, et qui, à la suite d'un long oubli, se trouven, séchés juste à point. Quand il trouvait sa moisson suffisante, il rentrait chez lui aussi fier et aussi heureux que les Parisiens lorsqu'ils rentrent, le dimanche soir, de quelque excursion dans les champs, avec de gros bouquets de bluets, de coquelicots, de marguerites et de folle avoine. Les débits de tabac, c'étaient ses prés et ses champs à lui : chacun prend son plaisir où il le trouve.

C'était un des derniers jeudis du mois de juin 1872. La matinée était charmante. Un clair soleil égayait, ne fût-ce que par reflet, les ruelles les plus sombres du quartier Montparnasse ; une fraîche petite brise tempérait la chaleur naissante. Bien des Parisiens soupiraient, parce que cette brise venait de la campagne et s'en retournait à la campagne, tandis qu'ils allaient passer cette belle journée de juin dans l'étouffoir de Paris, à peiner pendant les heures interminables de l'après-midi, sur quelque besogne ingrate et fastidieuse.

Quand le grand Soubremain eut descendu ses quatre étages, et qu'il mit le pied sur le trottoir, son premier mot fut : « Eh ! eh ! bon temps de chasse ! Commençons aujourd'hui par la *Civette de Montparnasse !* »

Et de son pas allongé il s'en alla à la *Civette de Montparnasse.*

Cet établissement est situé dans une rue si étroite, si sombre, si triste, encaissée entre deux rangées de maisons si hautes, d'aspect si grognon et si morose, que ce serait la rue la plus affreuse du quartier, si elle n'était coupée à angle droit par une ruelle plus étroite, plus sombre, plus triste, encaissée entre deux rangées de maisons encore plus hautes, plus grognonnes et plus moroses que les premières. Je ne dirai pas le nom de ces rues : je ne veux faire de peine à personne.

Quel est le botaniste qui s'inquiète du paysage quand il est sur la piste d'une plante précieuse ? Ainsi, le grand Soubremain, sans même s'apercevoir que le soleil avait disparu derrière les sombres falaises des maisons et que la petite brise matinale ne soufflait pas à travers ces régions désolées, pénétra dans le sanctuaire de la *Civette* avec la démarche et le sérieux d'un homme chargé d'une mission officielle.

Le sanctuaire de la *Civette* était une assez grande pièce carrée. A son entrée, le client avait en face de lui le comptoir au tabac, avec sa balance, ses boîtes à cigares et à cigarettes, et à sa gauche, à angle droit, un comptoir en zinc, le comptoir du marchand de vin. Au premier comptoir, une vieille dame en noir, avec des yeux trop rapprochés, un nez trop pincé et des villosités trop accentuées au coin des lèvres, se disputait aigrement avec un artilleur qui avait demandé des cigares d'un sou et faisait le difficile sans s'y connaître.

Debout derrière le comptoir de zinc, une espèce d'hercule forain, tout jeune, haut en couleur, les manches de sa chemise roulées au-dessus du coude, servait à boire à des maçons.

L'artilleur s'étant retiré en haussant les épaules, le grand Soubremain salua la dame; elle lui rendit son salut avec une courtoisie rechignée, qui s'adoucit aux premières paroles du client. La dame étant myope n'avait pas reconnu tout de suite le chasseur de cigares.

III

Pendant que la dame se penchait pour prendre derrière elle une certaine boîte de cigares que l'on ne montrait pas à tout le monde, plusieurs clients étaient entrés et bloquaient pour ainsi dire le comptoir. Au moment où le grand Soubremain élevait la boîte à portée de sa vue pour commencer ses fouilles scientifiques, quelqu'un le tira doucement par le pan de sa redingote.

Croyant qu'on voulait lui faire une niche, M. Soubremain braqua ses lunettes d'un air sévère sur son voisin de droite : le voisin de droite était un vieux bonhomme aux trois quarts aveugle, qui tâchait d'apercevoir la marchande afin d'attirer son attention. M. Soubremain, n'ayant pour voisin de gauche que le comptoir de zinc, se retourna et braqua ses lunettes, et ses rayons visuels tombèrent sur le dos pacifique d'un brave maçon qui tenait un verre d'une main, et de l'autre une grosse miche de pain. Alors M. Soubremain eut une idée de génie, il regarda au-dessous de lui, un peu de côté, sur la droite.

Un enfant de quatre ans, petit garçon ou petite fille, perdu entre les jambes des clients, le regardait d'un air suppliant en lui tendant les mains.

M. Soubremain comprit cette pantomime et, déposant vivement la boîte à cigares sur le comptoir, enleva l'enfant dans ses bras.

Il est à croire que M. Soubremain n'avait jamais tenu un petit enfant dans ses bras, et que même il n'en avait jamais vu un seul de près, car sa figure exprima d'abord la plus vive surprise, et puis une sorte de ravissement.

La petite fille (car c'était une petite fille) avait de jolis cheveux blonds crêpelés, soigneusement peignés, et nattés par derrière en deux grosses tresses. Ses traits étaient fins et délicats. Comme elle était un peu effrayée, sa lèvre inférieure tremblait. Mais ce qui attira surtout l'attention de M. Soubremain, ce furent ses yeux, de grands yeux d'un bleu sombre, à la fois naïfs et profonds, qu'elle tenait fixés sur son sauveur.

Non, M. Soubremain n'avait jamais rien vu d'aussi frais, d'aussi naïf, d'aussi attrayant que cette petite créature; aussi, cédant à un attrait irrésistible, il rapprocha la petite fille de lui et l'embrassa sur la joue.

L'enfant ne protesta pas, mais ses yeux sombres toujours fixés sur M. Soubremain eurent l'air de dire : « C'est bon pour une fois, mais ne recommencez pas ». Du moins c'est ainsi que M. Soubremain interpréta ce joli regard d'enfant, si plein de dignité.

Ce fut presque avec confusion qu'il lui adressa la parole : « Dites-moi, ma mignonne, comment vous trouvez-vous ici? »

La petite ramena sa main droite qui pendait à son côté, jusque sous les yeux de M. Soubremain; il s'aperçut alors que la petite menotte à fossettes tenait une tabatière.

« Je viens, dit la petite fille, chercher du tabac pour grand'-maman.

— Est-ce qu'elle ne pouvait pas venir elle-même? » demanda M. Soubremain. Il était indigné contre cette grand'maman inconnue qui, pour s'épargner une petite course, exposait une enfant si jeune à tous les dangers de la rue.

M. Soubremain enleva l'enfant dans ses bras.

4

« Oh non ! répondit la petite fille : elle ne peut pas marcher, elle a mal dans ses jambes.

— N'avait-elle donc personne autre à envoyer?

— Non, monsieur. Lina est partie plus tôt que d'habitude, parce qu'elle a son mari malade, et alors elle a oublié la tabatière.

— Qui est Lina?

— La femme de ménage ; Brusco ne pouvait pas venir non plus, parce qu'il y a une voiture qui lui a marché sur le pied.

— Brusco? qui ça, Brusco? demanda M. Soubremain.

— C'est notre caniche; quand il n'a pas mal à la jambe, c'est lui qui vient acheter du tabac.

— Un caniche noir, hein? demanda la dame de comptoir, qui venait de servir son dernier client.

— Oui, madame, répondit la petite fille en accentuant sa réponse d'un joli regard et d'un gracieux signe de tête.

— Alors, je sais ce que c'est, reprit la dame de comptoir. Passe-moi la tabatière. Les deux sous doivent être dedans, enveloppés d'un chiffon de papier. »

L'enfant passa la tabatière à la vieille dame. Les deux sous étaient dedans, enveloppés d'un chiffon de papier, que la dame jeta sur le comptoir. Pendant que la dame pesait le tabac, M. Soubremain aperçut quelques mots écrits sur le papier. C'était une adresse de lettre, car le timbre de la poste était imprimé dessus; on pouvait lire : « Madame Becker, rue... ».

IV

La petite fille, après avoir poliment remercié la marchande de tabac, pria M. Soubremain de vouloir bien la remettre sur ses pieds.

« Tout de suite, ma mignonne, répondit M. Soubremain;
mais, dites-moi, est-ce que votre grand'maman n'aurait pas pu
se passer de tabac plutôt que de...? »

Il se mordit la langue, comprenant que sa question manquait
de délicatesse. La petite fille lui répondit d'un air de reproche :
« Quand grand'maman a sa migraine — vous savez peut-être ce
que c'est, pan! pan! pan! par toute la tête, — il faut qu'elle
mette du tabac dans son nez : sans cela, elle ne voit plus clair
pour travailler.

— Je comprends, reprit M. Soubremain d'un air assez
penaud. Ah! voyons, avant de nous quitter, voulez-vous me
permettre de vous donner deux sous pour acheter du sucre
d'orge?

— Non, monsieur, répondit la petite fille avec un geste
très fier de sa fine petite tête. Grand'maman n'aimerait pas
cela. »

En ce moment, un homme entra pour allumer sa pipe.
C'était un marchand des quatre saisons. On voyait sa voiture à
la porte.

« Sans vous commander, monsieur, dit-il en riant à M. Soubremain, un papa qui a une petite fille si gentille et qui a l'air
si sage ne peut pas « faire à moins » que de lui payer un bouquet de cerises. J'en ai là qui viennent d'être cueillies, c'est frais
comme l'œil. »

Sans laisser le temps à M. Soubremain de se reconnaître,
l'homme sortit et rentra aussitôt, tenant plusieurs bouquets de
cerises, ou pour parler plus exactement, plusieurs de ces trompe-
l'œil où il entre peu de cerises, beaucoup de bois, et encore plus
de feuilles de muguet.

« Voyons, ma mignonne, ce n'est pas de l'argent, cela : vous
pouvez accepter, pour me faire plaisir. »

La petite fille jeta un regard sur les bouquets, et se détourna
aussitôt, comme pour échapper à une tentation trop forte.

« Eh bien, mignonne, voyons, acceptez au moins cela.

— Je ne sais pas, dit l'enfant d'un air sérieux, si grand'maman serait contente.

— Bête! lui dit le garçon marchand de vin avec un ricanement grossier et stupide, mange les cerises en route : ta grand'-mère n'y verra que du feu. »

La petite fille répondit en rougissant : « Grand'maman sait toujours tout ce que je fais. Sans cela ce ne serait pas bien. »

L'ayant décidée à accepter le bouquet de cerises, sauf approbation de la grand'mère, M. Soubremain la déposa à terre, bien à regret, je vous assure, et non sans l'avoir encore embrassée; ma foi, tant pis ! c'était plus fort que lui.

Quand elle fut sortie, il se plaça sur le seuil, pour la voir plus longtemps. Elle tourna bientôt le coin de l'autre vilaine rue.

« Qui est-elle ? » demanda-t-il à la marchande de tabac.

La marchande de tabac ne savait pas; elle ne pouvait pas dire. Alors un des maçons, qui se régalait de pain et d'œufs durs, s'étrangla à moitié en voulant avaler un jaune trop précipitamment, et dit d'une voix étouffée :

« Ça, c'est des Allemandes; ça demeure dans la rue à côté, au numéro 17.

V

— Vous voulez peut-être dire des Alsaciennes ! suggéra M. Soubremain, à qui il en coûtait réellement de croire que sa petite amie inconnue fût une Allemande.

— Attendez donc, reprit l'homme après un nouvel accès de suffocation, c'est peut-être bien vous qui avez raison ; mais l'un ou l'autre, c'est tout comme.

— Pas tout à fait », riposta avec indignation M. Soubremain, qui était bon patriote.

Là-dessus il partit, oubliant ce qu'il était venu faire à la *Civette de Montparnasse*, et, quoique la rue voisine fût déshéritée de tout bureau de tabac, ce fut pourtant dans la rue voisine que la dame de la *Civette* le vit disparaître. Son premier soin fut de chercher le numéro 17, et quand il l'eut trouvé, il

alla se poster sur le trottoir d'en face, pour tâcher d'apercevoir
sa petite amie, à quelqu'une des fenêtres. Comme il tenait le
nez en l'air, un objet, lancé avec vigueur de l'une des fenêtres
du second, décrivit une grande courbe par-dessus la rue et
tomba avec un bruit sourd sur le chapeau de M. Soubremain.
La personne qui avait lancé le projectile n'avait pas eu l'intention d'atteindre M. Soubremain, et n'avait pu le viser, car il
avait vu apparaître l'objet comme s'il partait du fond de la
chambre ; la force motrice ne pouvait pas plus le voir qu'il ne
pouvait voir la force motrice. N'importe, quoiqu'il n'y eût pas
là d'affront personnel, c'est en soi-même une mauvaise habitude de se débarrasser des détritus domestiques en les lançant
dans le vide, surtout avec cette vigueur.

Ces réflexions, M. Soubremain les avait faites entre le moment où il avait baissé le nez pour ne pas recevoir le projectile
en pleine figure, et celui où le détritus tomba de son chapeau
sur le trottoir.

« Mon bouquet de cerises ! se dit-il aussitôt. Eh bien, mais,
nous avons là une grand'maman qui me paraît bien stricte sur
les principes. »

Un gamin, vautré à plat ventre sur le trottoir, et fort occupé
à y écrire son nom avec de la craie, étendit la main, se saisit
du bouquet, et mangea les cerises, sans se demander d'où elles
venaient.

Volontiers M. Soubremain lui aurait redemandé le bois et
les feuilles de muguet, comme souvenir ; mais il eut honte
d'un pareil enfantillage, et se retira tout penaud.

Trois semaines plus tard, le professeur d'anglais, étant venu
faire une petite visite à son collègue de rhétorique, M. Soubremain plaça à côté de lui sur une table la boîte aux cigares. Le
professeur d'anglais allongea la main et prit un cigare au hasard,
sans choisir : il savait que chez M. Soubremain on pouvait se
dispenser de ce soin.

Cependant, au bout de quelques bouffées, il prit un air
inquiet. M. Soubremain lui demanda ce qu'il avait.

« Ce cigare n'est pas de premier choix, répondit l'autre ; vous
aurez commis quelque erreur.

— En effet! répondit M. Soubremain après avoir examiné le cigare, qu'il jeta dans le crachoir. Tenez, mon cher collègue, en voici un autre, que je me permets de vous recommander. »

Le cher collègue ne se permit aucune observation, mais M. Soubremain fit à part lui quelques réflexions embarrassantes. « Voilà ce que c'est, se dit-il, que de rôder toujours dans le même cercle pour tâcher d'apercevoir cette petite; je fouille toujours dans les mêmes débits, où il n'y a plus rien de bon. Et puis, je suis distrait. Avoir offert un mauvais cigare à un ami, surtout à un fin connaisseur! Encore, si j'étais payé de mes peines, mais je l'ai entrevue seulement à distance avec cette grande Alsacienne qui leur sert de femme de ménage. Et puis, ajouta-t-il non sans amertume, j'ai eu l'honneur de faire la connaissance de Brusco à la *Civette*. Et puis c'est tout! Non, ce n'est pas tout; je suis un grand sot. Je ne retournerai plus dans ce quartier. »

Naturellement il y retourna tant et si bien qu'on le rencontra, à plusieurs reprises, errant comme une âme en peine, et le bruit courut parmi ses collègues que décidément, s'il mourait le cigare entre les dents, ce qui n'était pas prouvé, il ne mourrait pas du moins vieux garçon; car il songeait évidemment à se marier : la preuve, c'est qu'il allait faire sa cour et même une cour assidue dans un certain quartier. On ne voyait que lui de ce côté-là; tous ses collègues l'y avaient rencontré les uns après les autres.

VI

De guerre lasse, M. Soubremain capitula; et en capitulant il fit ses conditions, comme c'est l'usage. Il s'interdit, sérieusement cette fois, de remettre jamais les pieds dans le quartier de la *Civette*; mais il s'octroya le droit de flâner sur le boulevard du Montparnasse; c'est le passage de tout le monde, tout le monde a donc le droit d'y flâner sans que personne y trouve à redire. La petite inconnue y venait jouer quelquefois, sous la surveillance de la femme de ménage.

Or, un jour qu'il flânait par là, il entendit une grande huée accompagnée de rires, du côté du boulevard des Invalides ; la huée gagnait de proche en proche, et les promeneurs se mettaient en haie sur les trottoirs. M. Soubremain fit comme les autres, et, en se penchant, il vit venir de loin un malheureux roquet auquel on avait attaché une casserole à la queue. La pauvre bête, affolée par la douleur et les ressauts retentissants de la casserole, fuyait tout droit, à perte d'haleine.

Quand le malheureux roquet eut dépassé d'une dizaine de mètres l'endroit où se tenait M. Soubremain, il s'arrêta et s'assit sur la chaussée, retournant la tête et cherchant à ronger la corde. Mais, à chaque mouvement qu'il faisait, la casserole rebondissait. A la fin, prise d'une sorte de frénésie, la pauvre bête se mit à tourner sur elle-même avec une rapidité vertigineuse ; la corde était longue, la casserole, décrivant de grands cercles horizontaux, atteignit un cheval de fiacre à la jambe. Le cheval prit peur, se cabra, se débattit, et finalement se rua sur la foule, en franchissant le trottoir.

Il y eut alors une panique affreuse, et la foule recula d'une seule masse. Un instant, M. Soubremain aperçut au-dessus de toutes les têtes une femme qui, rencontrant un banc dans sa fuite, l'avait escaladé, tenant une enfant dans ses bras. L'enfant était la petite inconnue, la femme était l'Alsacienne Lina. M. Soubremain s'élança comme un fou, les yeux fixés sur ce groupe. La femme demeura une seconde immobile, ne trouvant pas où mettre le pied pour descendre. Il y eut une nouvelle poussée de la foule de l'autre côté du banc : la femme et l'enfant furent brusquement précipitées.

Quand M. Soubremain arriva, deux sergents de ville tenaient le cheval, qui frissonnait de tous ses membres ; à deux pas de là, un cercle de curieux entourait les deux victimes de l'accident. L'enfant était évanouie, et la femme criait qu'elle avait la jambe cassée.

Deux personnes se précipitèrent dans le cercle : M. Soubre-

main, qui prit doucement l'enfant dans ses bras, et une femme
alsacienne, reconnaissable au gros papillon noir de sa coiffure,
qui dit avec autorité :

« Relevez-la, je sais où elle demeure.

— Moi, dit M. Soubremain à un sergent de ville, je connais
l'enfant, je vais la faire soigner dans une pharmacie et la
reporter à sa grand'mère. »

La femme blessée, qui tout le temps avait crié : « Marien !
Marien ! Est-elle morte ? » se calma en entendant M. Soubremain déclarer qu'elle était seulement évanouie.

VII

Transportée par M. Soubremain dans une pharmacie voisine,
la petite Marien reprit vite connaissance.

« Lina ? demanda-t-elle.

— Elle ne s'est pas même évanouie, dit vaguement M. Soubremain, on l'a reconduite chez elle ; mais vous, ma mignonne,
comment vous trouvez-vous ?

— Grand'maman, reprit la petite fille en joignant les mains,
grand'maman va avoir peur.

— Remettez-vous bien, ma chérie : quand elle vous verra
revenir en bon état, elle n'aura pas peur. C'est moi qui vous
reconduirai, et je lui expliquerai tout.

— Je vous reconnais. Vous êtes bon, je vous aime bien ;
emmenez-moi chez grand'maman. »

Pour plus de sûreté, M. Soubremain prit une voiture et se fit
conduire au logis de Mme Becker. Voyant que sa petite amie
était encore pâle et qu'elle avait les yeux cernés, le brave
homme lui dit :

« Quand nous serons au bas de l'escalier, je vous monterai
dans mes bras.

— Oh ! monsieur, je vous assure que ce n'est pas la peine ; je me sens très forte.

— Ma mignonne, vous êtes surtout très vaillante. Songez à une chose que je vais vous expliquer. Si vous arriviez essoufflée, vous tenant à peine, votre grand'maman aurait peur, et cela pourrait lui faire du mal.

— Alors je veux bien que vous me portiez », dit simplement Marien ; et avec un abandon charmant elle se blottit près de M. Soubremain et appuya sa tête contre la poitrine du professeur, levant vers lui son joli visage et ses beaux yeux qui souriaient de reconnaissance.

Au palier du second étage, M. Soubremain déposa doucement Marien, qui, à peine debout, chancela légèrement et, d'un mouvement instinctif, saisit la main gauche du professeur et ferma un instant les yeux. Elle les rouvrit presque aussitôt en disant :

« Ce n'est rien : la tête me tournait un peu. Ah ! entendez-vous Brusco ? Il m'a reconnue, sans cela il aboierait au lieu de souffler sous la porte. Non ! ne frappez pas ; nous rentrons toujours sans frapper. Grand'maman ne saurait pas ce que cela veut dire. »

Le professeur tourna doucement la clef et ouvrit la porte. Il n'y avait personne dans la première pièce, sauf Brusco. Il allait s'élancer pour caresser Marien ; mais, sur un simple signe de la petite fille, il s'éloigna à reculons, pas à pas, grommelant quelque chose dans sa moustache, à propos de l'intrus. Tout à coup il reconnut dans l'intrus le même monsieur qui lui avait donné du sucre à la *Civette*. Aussitôt il cessa de gronder et s'en alla bien vite expliquer la chose à sa maîtresse.

Une voix bien timbrée, la voix d'une femme énergique et résolue, sans aucun doute, prononça les paroles suivantes :

« Est-ce toi, Marien ?

— Oui, grand'mère, c'est moi, répondit Marien.

— Qui donc est avec toi ? Je ne reconnais pas le pas de Lina.

— Grand'mère, c'est un monsieur très bon qui me ramène, parce que.... »

Tout en parlant, elle entraînait M. Soubremain vers la se-

conde pièce. Arrivé sur le seuil, le professeur de rhétorique
s'arrêta court et demeura muet comme un poisson, lui qui
savait si bien, pourtant, comme on tourne un discours en cinq
paragraphes, avec exorde, péroraison, prosopopée, toutes les
herbes de la Saint-Jean et toutes les fleurs de la rhétorique.

En face de lui, juste entre la fenêtre ouverte et une table
recouverte d'une toile cirée, était assise la dame la plus majestueuse et la plus imposante qu'il eût vue de sa vie. Ses cheveux
abondants et crêpelés étaient blancs comme la neige. Sous des
sourcils noirs bien arqués, ses yeux d'un bleu sombre brillaient
de l'éclat de la jeunesse. M. Soubremain se dit tout de suite
que, dans son enfance, elle avait dû ressembler à Marien, et
que Marien, dans sa vieillesse, lui ressemblerait à son tour. Il
espérait seulement que la vie de Marien serait heureuse, et qu'à
soixante ans on ne lui verrait pas autour des yeux ces meur-
trissures, ni aux coins des lèvres ces plis amers qui racontaient,
avec une muette éloquence, toute une vie de soucis et de chagrins. Il ne s'écoula pas quatre secondes entre le moment où il
était arrivé sur le seuil et celui où Marien le quitta pour
s'élancer dans les bras de sa grand'mère, et cependant il avait
vu tout cela, pensé tout cela. Bien plus, ce grand innocent de
quarante-trois ans qui, à toute époque de sa vie et surtout en
ce moment, aurait été incapable de faire convenablement l'in-
ventaire d'un mobilier, avait senti du premier coup le contraste
qu'il y avait entre l'extérieur sordide de la maison et la propreté, le bon ordre, la dignité domestique de cet intérieur qui,
à tout prendre, était un intérieur modeste, presque pauvre.

La dame aux cheveux de neige avait les jambes enveloppées
d'une couverture, et, à l'entrée du professeur et de la petite fille,
elle avait déposé sur la table un ouvrage auquel elle travaillait :
c'était un ouvrage de passementerie.

VIII

Toujours debout sur le seuil, le professeur regardait la dame
avec un respect naïf, mélangé de crainte et d'admiration ; toujours assise, la dame regardait le professeur avec défiance ;
blottie sur les genoux de sa grand'mère, Marien les regardait
tour à tour d'un air surpris, leur souriant pour les encourager
à être meilleurs amis que cela.

« Madame, balbutia le professeur, je vous demande humblement pardon de m'être introduit chez vous en intrus, mais les
circonstances.... » En quelques mots, il expliqua ces circonstances. A mesure qu'il parlait, le regard de la dame devenait
moins défiant et moins sévère.

« Monsieur, lui dit-elle enfin du ton le plus courtois,
excusez une pauvre impotente qui ne peut se lever pour vous
faire accueil ; veuillez prendre un siège. Soyez indulgent pour
une recluse que la vie a rendue sauvage et défiante ; et daignez
accepter tous mes remerciements pour le service que vous avez
rendu à cette chérie. Ah ! mon Dieu, elle se trouve mal. Vite,
monsieur, prenez-la dans vos bras et portez-la sur son petit lit,
dans la pièce à côté, pendant que je.... »

En revenant d'accomplir sa mission, M. Soubremain fut surpris, presque effrayé, de voir la vieille dame debout. La dame sourit de sa stupeur : « Asseyez-vous, dit-elle, et attendez-moi. »

Alors, appuyée sur deux cannes à bec-de-corbin, elle se
dirigea vers l'autre pièce, avec des efforts inouïs, en clopinant.
Le clopiner, en soi-même, est une allure qui manque de majesté et de dignité ; alors comment se faisait-il que cette dame
demeurait majestueuse et digne, même en clopinant ? Voilà ce
que se demandait M. Soubremain pendant qu'elle s'éloignait
dans la direction de l'autre pièce.

Quand elle eut refermé la porte, M. Soubremain resta en tête-
à-tête avec Brusco. Il essaya de réfléchir et de mettre de l'ordre
dans ses idées, mais nos idées parfois, comme des écoliers
indisciplinés, refusent de nous obéir et de se mettre en rang ;
elles s'imposent à nous dans l'ordre qu'il leur plait.

« Bossuet a raison, se dit le professeur de rhétorique : une
âme généreuse est maîtresse du corps qu'elle anime, témoin
cette dame héroïque. Tiens! pour la première fois de ma vie
j'ai manqué la classe! M. Pelequien va fulminer! Force ma-
jeure! monsieur Pelequien! Oh! pour la première fois de ma vie
j'ai pris un fiacre! C'est la journée aux événements! Chère petite
mignonne! Je me demande à quoi peuvent servir toutes ces
bobines que je vois là sur la table. Monsieur Soubremain, que
vous importe? vous êtes bien curieux! Ah! un portrait d'officier
français, un lancier, ce me semble! Que tous les malins du
monde viennent donc me soutenir que ces dames sont Allemandes! C'est moi qui me charge de leur répondre! Ce chien
me regarde avec des yeux presque humains. « Ici, Brusco!
« soyons amis. » Brusco répondit à son appel. M. Soubremain,
qui prenait toujours son café sans le sucrer, mettait les trois
morceaux de sucre dans sa poche, pour s'en servir au logis. Ce
fut, cette fois, Brusco qui en profita.

Brusco en était au troisième morceau, quand Mme Becker
reparut.

« Brusco, dit-elle tout bas, va-t'en veiller sur elle. »

Brusco enfila prestement la porte, qui se referma aussitôt
sur lui. Mme Becker regagna son fauteuil et s'y laissa tomber
avec accablement. Après avoir repris haleine, elle dit à M. Soubremain : « J'ai bien vu que vous ne vouliez pas tout me dire
devant elle. Qu'est-ce qui est arrivé à Lina?

— Je crains, madame, répondit le professeur, qu'elle n'ait
la jambe cassée. Je pourrai, si vous voulez bien me le permettre, aller prendre de ses nouvelles et vous en apporter. »

Mme Becker le regarda fixement, sans rien dire, se demandant si cet homme chauve, barbu et gauche n'était pas un de
ces curieux qui s'introduisent chez les gens pour s'immiscer
dans leurs affaires et surprendre leurs secrets.

Sous la fixité de son beau regard sombre, M. le professeur perdit contenance.

« Madame, balbutia-t-il, je vois que vous ne vous laissez pas prendre à ce prétexte. Je suis un homme simple, madame, j'oserai même dire un homme vulgaire, mais j'ai le cœur bien placé, et voilà pourquoi la feinte ne me réussit pas.

— Allez toujours, monsieur, dit la dame aux cheveux de neige, entrez dans la voie des aveux.

— Eh bien! j'aime mieux cela, s'écria le brave professeur. La ligne droite est le plus court chemin d'un point à un autre. Je m'intéresse sans doute à Lina, car elle souffre. Mais mon intention secrète, en vous proposant de vous apporter de ses nouvelles, c'était de revoir votre..., votre cher petit ange. Madame, traitez-moi de vieux fou si vous voulez, mais cette enfant m'a pris le cœur.

IX

— Voilà, dit en souriant Mme Becker, une éclosion de tendresse bien subite : c'est la théorie du coup de foudre. »

M. Soubremain rougit, et ajouta avec l'humilité d'un coupable : « Cela remonte à un an, madame.

— A un an!

— Pour ne rien dissimuler, à un an et un mois. Nous sommes en juillet 1873, c'est en juin 1872 que cela a commencé. » Alors il raconta la petite scène de *la Civette de Montparnasse*; comme quoi le bouquet de cerises qu'il avait offert à Marien lui était tombé sur la tête en passant par la fenêtre; comme quoi il avait rôdé dans le quartier depuis ce moment-là, pour tâcher de voir seulement Marien, même sans lui parler, et comme quoi, en butte aux railleries de ses collègues, il avait fini par borner ses flâneries à la limite du boulevard du Montparnasse,

« Mais, monsieur le professeur, dit la dame aux cheveux de neige, savez-vous bien que vous êtes un véritable chevalier errant, égaré en plein xixᵉ siècle.

— Oui, reprit le professeur en souriant, je suis une manière de don Quichotte, un chevalier de la Triste-Figure. Mais je puis vous assurer, ajouta-t-il avec une modeste fierté, que le cœur est droit et bon.

— Je suis tentée de vous croire, reprit Mme Becker en souriant. Et je vous croirais peut-être tout à fait si vos lunettes ne m'empêchaient de pénétrer l'expression de votre regard. »

Elle voulait simplement rire et le taquiner. Quant à lui, il retira vivement ses lunettes.

« Je suis sûre de vous maintenant, monsieur le professeur. Veuillez remettre vos lunettes. Je m'adresse donc en toute confiance au seigneur don Quichotte, et je lui demande d'où lui est venu ce grand attachement pour ma petite Dulcinée.

— Madame, répondit le seigneur don Quichotte, je pourrais vous répondre que je l'aime parce que je l'aime.

— Sans doute, mais....

— Mais j'ai assez souvent et assez longuement réfléchi sur ce sujet pour pouvoir ajouter ceci. Je l'aime parce qu'elle est charmante, parce que, dans ses petites réponses d'enfant, j'ai découvert un courage, une droiture, une sincérité bien au-dessus de son âge. »

Pendant qu'il parlait, Mme Becker, les yeux baissés, un vague sourire sur les lèvres, hochait la tête en signe d'approbation.

« Elle a tous les dons que vous dites, reprit-elle à voix basse.

— Je veux bien admettre qu'elle les ait de naissance, dit le professeur qui s'enhardissait un peu, mais vous me trouverez peut-être un peu hardi si j'ajoute : « Avec quel soin ils ont été « cultivés ! » Remarquez bien, madame, que, quoique professeur de rhétorique, je n'ai jamais fait un compliment de ma vie.

— Vous me rendez justice, reprit simplement Mme Becker. Je mets tous mes soins à former cette petite âme. Marien aura une mission à remplir.... »

Elle s'arrêta court, comme si elle craignait d'en avoir trop dit.

Quant au professeur, il se contenta d'incliner gravement la tête, en signe d'approbation.

X

A vrai dire, le mot « mission » n'avait nullement piqué sa curiosité. Il savait, en théorie, que toutes les femmes ont une mission à remplir ici-bas, aussi bien que tous les hommes, et il approuvait fort Mme Becker d'y préparer sa petite-fille dès les premières années.

D'ailleurs, le mot eût-il piqué sa curiosité, il n'était pas dans ses habitudes de questionner les gens pour tirer d'eux plus qu'il ne leur plaisait de lui en faire savoir.

Cette discrétion plut infiniment à Mme Becker, qui dit en plaisantant : « Et voilà pourquoi don Quichotte aime Dulcinée.

— Voilà exactement pourquoi », reprit le professeur.

Alors ils se mirent à causer à bâtons rompus, pendant plus d'une heure. Au bout d'une heure, Mme Becker sut qui il était, ce qu'il faisait, ce qu'il pensait, ce qu'il sentait. En un mot elle vit qu'elle pouvait avoir confiance en lui. Pourtant la cruauté de son sort l'avait rendue défiante, et sa défiance ne désarma pas du premier coup. Elle verrait à l'user si elle pouvait assez compter sur lui pour lui confier le secret de la mission de Marien.

Quant à lui, il se retira sachant tout ce qu'il désirait savoir : on lui permettait de venir, dès le lendemain, prendre des nouvelles de sa chère petite enfant : car c'est ainsi qu'il l'appelait au fond de son cœur.

Il vint le lendemain, puis le surlendemain, et puis les visites s'espacèrent, Marien étant tout à fait remise de son indisposition. Mme Becker s'étant assurée qu'il était bien ce qu'il paraissait être, finit par l'autoriser à venir toutes les fois qu'il voudrait. Il en résulta que les visites devinrent quotidiennes. Les plaisanteries des collègues recommencèrent, mais, cette fois, M. Soubremain n'en avait cure. A ceux qui le pressaient trop vivement, il répondait qu'il donnait des leçons dans le quartier de la *Civette*. Et de fait il ne mentait pas, car il avait obtenu de Mme Becker la faveur de donner des leçons régulières à Marien.

Peu à peu il mérita une autre faveur : celle d'emmener Marien avec lui les dimanches et les jeudis ; quand le temps était mauvais, ils s'en allaient passer quelques bonnes heures dans les musées ; quand il faisait beau, ils prenaient leur volée vers la campagne.

La campagne était un monde aussi nouveau pour le professeur chauve que pour la petite fille aux joues roses, puisque jusque-là il avait passé ses congés à pourchasser le cigare de choix de débit en débit.

Les débitants seuls y perdirent ; en revanche la santé des deux amis y gagna, et aussi leur instruction. Oui, leur instruction !

Dès les premières promenades, le professeur avait compris qu'on ne peut pas courir toute la journée : il avait donc décidé que l'on ferait des haltes, dans de petits coins bien choisis, et que l'on s'occuperait de botanique et d'anglais. Mais pour enseigner une chose, il faut commencer par la savoir : c'est ainsi que, sur le tard, M. Soubremain apprit la botanique et l'anglais, en s'aidant des lumières et des conseils de ses collègues.

Comme on s'étonnait de le voir, à son âge, s'occuper de sujets si nouveaux pour lui, il ne fit point mystère de ses intentions, et déclara qu'il apprenait non pas pour le seul plaisir d'apprendre, mais pour pouvoir enseigner.

« Concurrence déloyale ! dirent en riant les collègues.

— Pas l'ombre de concurrence, loyale ou déloyale ! répondit gaîment M. Soubremain : il s'agit d'une petite fille que j'aime beaucoup, dont je m'occupe, et dont les parents ne seraient pas en état de payer des leçons particulières. Mon enseignement ne sortira pas de ce cercle. »

Il fut désormais convenu qu'il y avait de par le monde une petite fille que le grand Soubremain aimait beaucoup, dont il s'occupait, et que ledit Soubremain avait perdu le flair en matière de cigares irréprochables. Le sceptre était passé aux mains du Polonais qui enseignait l'anglais à l'institution Pelequien.

XI

Pour une Majesté déchue, M. Soubremain supportait bien stoïquement et même bien allégrement la perte de son sceptre. C'est qu'aussi il avait de bien grandes compensations : l'amitié et la confiance de Mme Becker, et l'adoration de Marien, car la fillette adorait son vieil ami : le mot n'est pas trop fort.

Par les confidences spontanées de sa vieille amie il avait appris peu à peu qu'il y avait eu un vrai sacrilège commis dans la famille, et que la mission de Marien était de réparer ce sacrilège, autant qu'il pouvait l'être, et que l'on comptait sur lui pour l'aider à accomplir sa mission. Pour cela il fallait que Marien fût bien élevée, et eût une certaine dot dont le chiffre était déterminé d'avance.

Mme Becker ne s'appelait pas Becker, mais Leclerc; elle avait repris son nom de fille pour se dérober, ainsi que Marien, aux recherches de certaines gens. Elle n'était pas précisément pauvre, car elle avait par devers elle sa pension de veuve d'un commandant, plus vingt-six mille francs, dont les intérêts joints à sa pension lui permettaient de vivre et de faire vivre Marien, et même de mettre quelque chose de côté. Si elle s'était logée dans une si pauvre ruelle, c'était par économie, et si elle passait la moitié de ses journées à fabriquer de la passementerie, c'est qu'elle voulait parfaire la dot de Marien : trente mille francs.

Le grand Soubremain avait un ancien camarade, qui avait

quitté l'institution Pelequien pour entrer dans l'Université par
la porte de l'agrégation. Après avoir passé de longues années
en province, l'agrégé était venu professer la quatrième au lycée
Louis-le-Grand; il s'était marié sur le tard, et il avait pour le
moment trois filles, dont la plus jeune était de l'âge de Marien.

Ce « loup de Soubremain » voyait rarement son ancien
camarade. Or voilà qu'un beau jeudi de mai, au détour d'une
allée des bois de Meudon, ce loup de Soubremain et Marien
tombèrent au beau milieu d'une partie de quatre coins. Trois
jeunes filles et leur mère, adossées à des arbres, guettaient le
moment de changer de garnison sans se faire prendre; le rôle
ingrat était dévolu à un homme dont les cheveux grisonnaient
et dont la bonne figure réjouie était toute rouge, dans l'exci-
tation du jeu.

L'homme grisonnant, s'étant retourné pour faire une feinte,
laissa tomber ses deux mains de surprise et s'écria : « Au
loup! au loup! c'est dans les bois qu'il faut venir pour le
trouver.

— Mon cher Dupart, balbutia le loup, que je suis donc heureux de te voir. Je te présente, je vous présente, mesdames,
une petite amie à moi, qui....

— Qui est charmante, dit Mme Dupart. Ma mignonne, voulez-vous m'embrasser ? »

Marien voulut bien l'embrasser, et les demoiselles Dupart
aussi. Et voilà comment Marien fit la connaissance de la famille
du professeur de quatrième. Les dames continuèrent le jeu,
pendant que les deux vieux camarades causaient à l'écart.

M. Soubremain ayant conté à son ami l'histoire de Marien,
le professeur de quatrième revint sur ses pas et dit : « Nous
passons la journée ensemble, c'est convenu ».

Ils passèrent la journée ensemble.

Le soir venu, il se trouva que Mme Dupart et ses filles raffo-
laient de Marien : « Nous nous reverrons souvent, dirent les
dames.

— Le nommé Cyrille Soubremain est chargé de l'exécution
du présent décret », ajouta M. Dupart.

Le nommé Cyrille veilla ponctuellement à l'exécution du

« présent décret », et Marien eut désormais de charmantes amies et l'entrée d'une maison où elle put apprendre beaucoup de choses qu'il est utile et même nécessaire à une jeune fille de savoir.

XII

Il y a déjà trois ans de cela. M. Soubremain s'inquiète aes changements qui se sont produits, peu à peu, dans la physionomie et dans l'attitude de Mme Becker. Mme Becker se moque de lui, et, pour détourner la conversation, lui dit : « En mettant sou sur sou, j'ai atteint le vingt-septième mille, et, en dépit de mes jambes et de vos jérémiades, je me sens de force à atteindre le bienheureux trentième avant que notre chérie soit en âge de se marier ».

Malgré cette réponse, qu'il regarde comme une fanfaronnade, M. Soubremain fait part de ses inquiétudes aux Dupart.

« Écoutez, dit Mme Dupart, mon mari et moi, nous parlons souvent de cette charmante Marien, que nous aimons comme une fille, et dont nos filles raffolent comme d'une sœur. Nous avons prévu le cas où sa grand'mère mourrait avant de l'avoir établie. Vous êtes garçon, donc vous ne pouvez pas vous charger d'elle : nous l'adopterons volontiers.

— Oh! madame, s'écria M. Soubremain, quel poids vous m'ôtez de dessus le cœur. J'accepte, j'accepte. Seulement, Dupart et moi, nous aurons à reparler de cela ensemble. Puis-je, le cas échéant, rassurer ma pauvre vieille amie sur le sort...? »

Un sanglot lui coupa la parole.

« Oui, oui, vous le pouvez! » répondit Mme Dupart d'une voix tremblante.

Deux mois plus tard, Mme Becker dit à M. Soubremain : « Eh bien, vous aviez raison, il faut que j'en prenne mon parti. J'ai fait venir un médecin hier, pendant que vous étiez au Louvre avec Marien. J'ai une maladie de cœur, et je dois me tenir prête à partir. Mme Dupart est venue me confirmer ses promesses. Je mourrai tranquille. Allons, grand enfant, ne pleurez pas ; je vous dis que je mourrai tranquille ; je ne regrette qu'une chose, c'est de n'avoir pas achevé le trentième mille de mes propres mains. Mais....

— Je ne fume plus, répondit M. Soubremain en l'interrompant, et je mets de côté l'argent des cigares. De plus, je verrai à donner des leçons, à traduire des romans anglais, je....

— J'accepte pour Marien, répondit simplement Mme Becker. Mais, écoutez-moi. Si, au moment où Marien sera en âge de se marier, il se présente quelqu'un que vous jugiez digne d'elle, et que, malgré tous vos efforts, la dot ne soit pas complète, vous trouverez sous ce pli l'indication d'un moyen sûr pour la compléter. Si, d'ici là, vous veniez vous-même à manquer, transmettez l'enveloppe à telle personne qui vous inspirera pleine et entière confiance.

— Dupart, dit M. Soubremain.

— M. Dupart, soit ! »

XIII

Mme Becker a disparu depuis de longues années ; Marien, sans l'oublier, vit heureuse et tranquille dans sa nouvelle famille. M. Soubremain est venu se loger dans la maison des Dupart, sans accepter toutefois d'être leur pensionnaire. Il lui suffit de se trouver à portée de voir Marien toutes les fois qu'il a une minute de loisir. Mais le pauvre M. Soubremain a joué de malheur pendant les dernières années. L'institution Pelequien a fait faillite, et l'ex-professeur de rhétorique à perdu sa place. Comme il est arrivé à un âge où les gens ne sont pas, comme on dit, « d'une défaite facile », il a dû accepter les fonctions ingrates et peu rétribuées d'entraîneur de bacheliers, dans une de ces institutions qu'on appelle des « fours à bachots ».

En mettant bout à bout ses maigres émoluments et le prix de quelques traductions, en se privant de tabac et de café, il arrive bien juste à vivre petitement, sans jamais d'ailleurs laisser soupçonner sa détresse. Mais ce qui lui serre le cœur, c'est qu'il est obligé de prendre le revenu des vingt-sept mille francs pour payer la petite pension de Marien. Il se regarde presque comme un tuteur indélicat.

Un jour qu'il méditait tristement sur son impuissance, on sonna à sa porte. La vieille femme de ménage alla ouvrir en traînant la savate, et vint prévenir monsieur qu'il y avait là un monsieur qui demandait monsieur.

« Mais faites donc entrer! » lui dit monsieur avec impatience, car la vieille avait laissé l'autre monsieur dans l'antichambre.

L'autre monsieur entra. C'était un jeune officier de dragons, en grand uniforme. Le jeune officier s'avança la main tendue.

Le vieillard lui tendit la sienne, mais avec tant d'hésitation que le jeune dragon lui dit : « Mon cher maître, vous ne me reconnaissez pas?

— Oh si! je vous reconnais maintenant, répondit le vieillard, dont la figure flétrie s'éclaira subitement d'un bon sourire. Asseyez-vous, d'abord; et puis, ne me dites pas votre nom; je vais bien le retrouver. Edmond de Lussac; ah! voyez-vous! Comme c'est aimable à vous de vous être souvenu de moi.

— Je me suis souvenu de vous, c'est vrai, reprit le jeune officier. Car aussitôt que le régiment est arrivé à Paris, je suis allé demander votre adresse à l'institut Pelequien; mais j'ai trouvé le local occupé par une imprimerie. Plus de Pelequien!

— Plus de Pelequien! c'est vrai, dit mélancoliquement M. Soubremain. Plus de Pelequien; ce que c'est que de nous, une faillite! mon cher monsieur, une débâcle! Mais revenons à nos moutons; comment êtes-vous parvenu à me relancer ici?

— Oh! par le plus grand des hasards. Je vous avouerai que je suis devenu assez mondain depuis les beaux jours de la pension Pelequien. Quand je dis mondain, reprit le jeune homme en souriant, n'allez pas prendre le mot en mauvaise part. J'aime à aller dans le monde, voilà tout; mais soyez bien persuadé, cher maître, que le monde n'est pas tout pour moi. Je préférerais la vie d'intérieur, avec quelques escapades, si toutefois ma femme aimait les escapades.

— Bon! et puis?

— Et puis, à une soirée, chez le proviseur du lycée Louis-le-Grand, j'ai rencontré une jeune fille qui m'a plu infiniment. Jolie, ce qui ne gâte rien, instruite, spirituelle et bonne. J'ai découvert tout cela sans grand'peine. J'ai réfléchi là-dessus très sérieusement.

— A la bonne heure, dit M. Soubremain en souriant. Et puis?

— Cette jeune fille, reprit le jeune officier, je l'ai revue hier à une petite sauterie chez un membre de l'Institut. Cette seconde entrevue n'a fait que confirmer mon premier jugement. Je me suis fait désigner le père, et je suis allé lui faire visite il y a une heure. Or il se trouve que le père n'est père que par affection. La jeune fille est orpheline et l'on me renvoie à son tuteur. Or ce tuteur, c'est vous, mon cher maître.

— Alors il s'agit de Marien?

— Oui, il s'agit de Mlle Marien Leclerc. Comme je suis orphelin moi-même, je viens en personne vous demander sa main.

— En principe, mon cher enfant, je vous l'accorde, reprit le tuteur de Marien un peu troublé; mais en fait... attendez! Il faut que.... La dot réglementaire est de...?

— Trente mille francs, je crois, répondit le jeune officier avec insouciance.

— Il nous manque trois mille francs,... bégaya le tuteur.... C'est-à-dire, il nous manquerait trois mille francs si.... Quelle idée ce Pelequien a eue de faire faillite!

— Trois mille francs, reprit le jeune homme avec un charmant sourire, je vous les donnerai de la main à la main, sans qu'elle le sache jamais, et les comptes seront en règle avec S. E. le Ministre de la guerre.

XIV

— Oui, mais..., ajouta l'obstiné tuteur.

— Oui, mais quoi?

— Ces trois mille francs, nous les avons peut-être là dans une enveloppe.

— Si vous les avez, tout est parfait; si vous ne les avez pas, je vous les apporterai demain. Je suis riche, et votre charmante pupille n'aurait pas un sou que je l'épouserais tout de même, avec votre consentement et le sien, bien entendu.

— Les formalités! reprit le tuteur; n'oublions pas les formalités. Laissez-moi lire ce qui est sous cette enveloppe.

— Lisez donc, mon cher maître.... »

Le cher maître lut, avec une vive émotion.

Après avoir réfléchi, les yeux fermés, il dit au jeune officier:

« Lussac, sur votre honneur, jurez-moi, que Marien vous accepte ou non, de ne jamais révéler à personne ce que je vais vous faire lire.

— Sur mon honneur, je le jure. »

Alors M. Soubremain lui tendit une feuille de papier où il lut ce qui suit :

« A mon noble ami Soubremain, ou à celui qu'il aura jugé digne de sa confiance, je fais connaître ceci.

« Après la guerre de 1870 j'ai quitté l'Alsace avec ma petite-fille Marien Leclerc, et j'ai rompu avec l'autre branche de la famille. J'ai rompu avec horreur, parce que les Lorbach, Alsaciens comme nous, se sont faits Allemands dès le lendemain de la conquête par pure ambition, parce que ma sœur, née Becker comme moi, Française comme moi, a marié sa fille à un officier allemand. Pour moi, ces faits sont autant de sacrilèges. Mon bien-aimé fils, Charles Leclerc, s'est fait tuer au

Bourget, en défendant la patrie française, gloire en soit rendue
à Dieu! Sa chère femme est morte de douleur, en me confiant
sa fille. Si c'eût été un garçon, je l'aurais voué dès l'enfance à
l'état militaire, et je l'y aurais préparé de mon mieux. Si Marien
respecte ma volonté, et je sais qu'elle la respectera, elle épou-
sera un officier français, en réparation de l'infamie que l'autre
a commise en épousant un officier allemand.

« Si, arrivée à l'âge où l'on se marie, l'enfant n'a pas la dot
réglementaire, vous Soubremain, ou celui qui vous rempla-
cera, écrivez à M. Karl Lorbach, à Mulhouse, oncle de la petite
Marien, pour lui demander les quelques centaines de francs
qui manqueront, sans lui cacher à quel usage on les destine.
S'il les donne, que Marien l'ignore. S'il les refuse, j'aurai fait
ce que je pouvais, et vous aviserez.

« CAROLINE LECLERC, née BECKER. »

— Cet argent-là, dit le jeune officier qui tremblait de colère
et d'indignation, je ne voudrais pas le ramasser avec des pin-
cettes. Votre amie, mon cher maître, avait les meilleures intentions du monde, aussi je ne veux pas la juger. Voulez-vous me
permettre de revenir vous voir demain à pareille heure? Si
votre pupille veut bien m'agréer, nous arrangerons l'affaire des
trois mille francs entre nous, et si elle ne m'agrée pas, nous
l'arrangerons quand même. De l'argent allemand pour marier
une aussi charmante Française, fi donc! Est-ce convenu?

— C'est convenu! s'écria M. Soubremain avec enthousiasme.
Lussac, mon enfant, vous souvient-il de ce que je vous ai dit
un jour, aux beaux temps de l'institution Pelequien?

— Faites comme si je ne m'en souvenais pas, répondit le
jeune officier.

— Je vous disais en lisant un de vos discours : « Sentiments
« nobles et sincères. Lussac, vous irez loin! »

— Je ne suis qu'un simple lieutenant de dragons! riposta
M. de Lussac.

— Vous êtes un chevalier français! dit l'ancien professeur
de rhétorique. Un chevalier français! » répéta-t-il avec emphase.

Mlle Marien Leclerc agréa la demande du lieutenant Lussac, et M. le Ministre de la guerre, considérant que la future avait la dot réglementaire, octroya à M. le lieutenant de Lussac l'autorisation d'épouser Mlle Marien Leclerc.

Le mariage religieux venait d'être célébré en grande pompe. On se pressait à la sacristie pour complimenter les nouveaux mariés. La mariée prit à part son tuteur et lui dit : « Vous plairait-il, cher, bien cher ami, de venir vivre avec nous? »

Usant de la figure de rhétorique nommée *litote*, l'ancien professeur de rhétorique répondit : « Rien ne me déplairait moins! » Ensuite, usant de la figure nommée *interrogation*, il ajouta : « A quel titre, mon enfant?

— A titre de père de la mariée! » répondit le lieutenant Lussac.

Que répondre à cela?

JOHN PENNILESS

I

Entre millionnaire et poète, il y a cette différence, que tout homme peut naître millionnaire ou le devenir, si les circonstances s'y prêtent, tandis que nul ne peut devenir poète : on naît poète, on ne le devient pas.

John Penniless[1] n'était pas né millionnaire : ses parents tenaient une petite épicerie, dans l'un des quartiers les plus pauvres de Londres. Son père était un ancien soldat. Sa mère, connue dans le quartier sous le nom de « la dame à la jambe de bois », avait perdu une jambe dans l'Inde, où elle avait suivi son mari, ayant reçu une balle qui ne lui était pas destinée.

L' « Indien » et la dame à la jambe de bois vendaient donc de l'épicerie aux pauvres gens ; et ils avaient quelque peine à joindre les deux bouts. Nécessité l'ingénieuse leur suggéra l'idée d'ajouter à leur commerce principal le commerce accessoire des journaux à un demi-penny[2].

L'idée de vendre des journaux à un demi-penny avait pris naissance dans la cervelle de la dame à la jambe de bois, et ce fut une idée féconde en résultats. D'abord, le commerce acces-

1. Sans le sou.
2. Cinq centimes.

soire combla, pécuniairement parlant, les lacunes du commerce
principal, et puis, de la première idée il en naquit tout naturellement une seconde, qui eut pour effet de lancer John Penniless
junior dans la voie au bout de laquelle il trouva.... Mais n'anti-
cipons pas.

II

John Penniless n'était donc pas né millionnaire, mais il avait
toutes les chances possibles de le devenir, puisqu'il ne l'était
pas. S'il l'eût été, en effet, comment aurait-il pu le devenir?

C'est le raisonnement que faisait l'Indien, en fumant sa pipe
dans l'arrière-boutique.

La dame à la jambe de bois, qui était une bonne créature,
ne demandait pas mieux que de voir son fils devenir millionnaire; et, comme il n'est guère possible à un homme d'amasser
des millions sans savoir lire, écrire et compter, elle obtint de
son mari l'autorisation d'envoyer Johnny à l'école.

Penniless *senior* fit bien quelques objections : pourquoi, par
exemple, éloigner Johnny de la maison une partie de la journée
juste à l'âge où il pouvait déjà rendre beaucoup de petits services?

Mais la dame à la jambe de bois avait sa réponse toute prête.
Quand Johnny saurait lire, écrire et compter, il aurait atteint ses
neuf ans. On pourrait, sans grands frais, l'établir marchand de
journaux ambulant. Il était grand pour son âge, robuste, intel-
ligent, avec de petites manières câlines qui séduiraient les
acheteurs. Il mettrait vite de côté d'abord des pence, des shillings,
puis des livres sterling. Un grand fabricant de papiers peints,
récemment anobli par Sa Majesté la reine, avait précisément
commencé par vendre des journaux dans les rues. Il y a un mois
encore, il s'appelait M. Sinopus, et voilà qu'il avait présentement
le droit de signer sir Sinopus! Pourquoi Johnny ne signerait-il
pas un jour sir Penniless?

« Oui, pourquoi? dit l'Indien en secouant les cendres de sa pipe.

— Et puis, reprit la dame à la jambe de bois, pourquoi, en attendant, Johnny ne joindrait-il pas au commerce des journaux la vente des romances populaires, et des complaintes que l'on s'arrache dans les rues, quand il y a eu une exécution à Newgate?

— Oui, pourquoi pas? répéta l'Indien en soufflant dans le tuyau de sa pipe.

III

— Et puis, reprit la dame à la jambe de bois, pourquoi, vers les vingt ans, avec ses économies, Johnny n'ouvrirait-il pas une boutique de papeterie?

— Le fait est qu'une fois lancé, je ne vois pas..., répondit l'Indien, qui compléta sa phrase inachevée par une série de hochements de tête et de froncements de sourcils.

— Johnny ira donc à l'école pour commencer, dit, en manière de conclusion, la dame à la jambe de bois.

— Il faut absolument qu'il y aille, on n'a pas le droit de l'en empêcher », répondit gravement Pennilless *senior*.

En conséquence, Johnny alla à l'école. A force d'aller à l'école, il apprit à lire, à écrire et à compter, et le maître d'école fit une grande découverte : c'est que si Johnny n'était pas né millionnaire, il était né poète.

Mais à quoi reconnut-il cela, le maître d'école? Je vais vous le dire.

Parmi les jeunes prolétaires à tête dure qui fréquentaient l'école de M. Mac Specimen, Johnny était le seul qui eût l'air de comprendre quelque chose aux petites pièces de poésie que contenait le livre de lecture courante; c'était du moins le seul qui sût déclamer et faire ronfler le vers. Et d'un.

Johnny, pour le jour anniversaire de M. Mac Specimen, avait composé, sur l'air de *Rule Britannia*, quelque chose qui ressemblait à une pièce de vers. La pensée, il est vrai, laissait quelque peu à désirer pour la clarté, et le vers était quelquefois trop long et quelquefois trop court, mais qu'importe? l'enfant avait du souffle; et même, sans connaître de nom cette figure de rhétorique que l'on appelle *hyperbole*, il avait le don de l'hyperbole! Et de deux!

IV

Un samedi, jour de demi-congé, M. Mac Specimen chargea son disciple de prévenir ses parents qu'il irait leur rendre visite à l'heure du thé.

Comme cette communication n'était accompagnée d'aucun commentaire, l'Indien et la dame à la jambe de bois regardèrent Johnny d'un air sévère, après quoi ils s'entre-regardèrent d'un air embarrassé.

« N'importe! dit la dame à la jambe de bois, il s'agit de montrer au maître que nous ne sommes pas les premiers venus. Vous atteindrez la théière de métal et vous la fourbirez comme vous savez fourbir ; et puis vous sortirez le service de porcelaine.

— Il ne reste plus que trois tasses, objecta l'Indien.

— C'est juste ce qu'il faut, pour le maître, pour vous et pour moi. Johnny prendra son thé en haut dans une vieille tasse. Si le maître vient nous dire du mal de lui, ce sera censé une punition ; si c'est du bien qu'il a à dire, il vaut mieux que Johnny ne soit pas là : on ne doit jamais louer les enfants en leur présence. »

L'Indien regarda mistress Penniless avec admiration. Ce n'est pas lui qui aurait imaginé un moyen aussi ingénieux de dissimuler l'absence d'une quatrième tasse. Et puis, quelles idées profondes elle avait, cette femme si remarquable, sur l'éducation des enfants !

Quand le maître arriva, par la porte de l'allée, et que la petite servante l'introduisit dans l'arrière-boutique, qui tenait lieu de parloir, la table était mise pour trois personnes, et l'Indien regardait sa pipe d'un air perplexe. Elle était toute bourrée, mais il n'osait pas l'allumer, ne sachant pas si un gentleman comme M. Mac Specimen tolérait la fumée du tabac à bon marché.

La dame à la jambe de bois, par un fâcheux hasard, était occupée pour le moment dans la boutique à ouvrir une boîte de sardines pour servir une dame du voisinage.

V

L'Indien se tira d'affaire comme il put, et pria en bredouillant M. Mac Specimen de vouloir bien prendre la peine de s'asseoir.

M. Mac Specimen prit volontiers la peine de s'asseoir ; il prit aussi la peine d'entamer la conversation, car l'Indien était devenu subitement aussi muet qu'un poisson.

« Monsieur Penniless, dit M. Mac Specimen en s'inclinant avec un sourire, vous ignorez peut-être que votre fils est né poète.

— Qu'entendez-vous par là, monsieur Mac Specimen? demanda Penniless *senior* d'un air défiant et réservé.

— J'entends, monsieur Penniless, qu'il a le don naturel de la poésie, qu'il s'exprime en vers, et sait déjà manier l'hyperbole.

— Est-ce un reproche, monsieur? demanda le père de Johnny en regardant d'un air de détresse du côté de la porte vitrée. (Cette pratique ne s'en irait donc pas, pour que la dame à la jambe de bois pût venir à la rescousse!)

— Un reproche ! monsieur Penniless. Oh non! ce n'est pas un reproche. Cet enfant a le feu sacré ! »

M. Penniless, profondément mystifié, crut cependant devoir prendre un air satisfait et reconnaissant. Mais ce feu sacré! que diable cela pouvait-il bien être?

VI

Enfin mistress Penniless parut. Après la présentation en règle, Penniless *senior* dit à sa femme : « Ma chère, c'est pour dire du bien de notre Johnny que M. Mac Specimen est venu.

— Alors, dit mistress Penniless en invitant M. Mac Specimen à s'approcher de la table, nous prendrons le thé entre nous ; il n'est pas bon que les enfants entendent leur éloge, ils sont déjà bien assez portés à s'en faire accroire ! »

M. Mac Specimen approuva d'un signe de tête, en retirant ses gants de castor.

En dégustant le breuvage favori de tout Anglais qui se respecte avec accompagnement de substances très solides et très réconfortantes, M. Mac Specimen essaya de faire comprendre à ses hôtes ce que c'est que la poésie.

Il eut beaucoup de peine, ayant affaire à des esprits très peu cultivés. Et même tout ce qu'ils retirèrent de son docte entretien, c'est que les vers sont des lignes plus courtes que les autres, qu'on y parle une langue à part, qu'on y appelle un cheval un *coursier*, un soldat un *guerrier* ; qu'on y exagère tout, sentiments, images, expressions, ce qui s'appelle faire des hyperboles.

« Et Johnny comprend tout cela ? demanda M. Penniless avec une admiration stupide.

— Oui, monsieur Penniless, répondit M. Mac Specimen ; il comprend cette langue-là, et même il la parle.

— Prodigieux! s'écria M. Penniless. Dans tous les cas, ce n'est pas de moi qu'il tient cela.

— Mais, demanda prudemment la dame à la jambe de bois, à quoi cela peut-il le mener?

— Ah! fit avec emphase M. Mac Specimen, qui était lui-même un poète, un poète inconnu et parfaitement digne de l'être, Dieu seul le sait; cela a conduit M. Tennyson à être poète-lauréat et à toucher une belle pension du gouvernement de la reine! »

VII

M. Penniless jeta à mistress Penniless un regard significatif. Mais la dame à la jambe de bois n'était pas complètement édifiée sur l'utilité pratique de la poésie.

« Croyez-vous, dit-elle à M. Mac Specimen, que, plus tard, Johnny serait capable de faire des complaintes comme celles que l'on vend dans les rues? »

M. Mac Specimen, qui avait remis ses gants de castor et se disposait à prendre congé, leva vers le plafond ses deux mains, armées l'une de sa canne et l'autre de son chapeau.

« Capable de faire des complaintes! s'écria-t-il; il est capable de faire mieux que cela, croyez-moi! »

La figure de mistress Penniless s'épanouit, et par contre-coup celle de M. Penniless s'épanouit aussi.

« Il m'avait fait peur avec ses grands mots, dit la dame à la jambe de bois quand la porte se fut refermée sur M. Mac Specimen.

— A moi aussi, répliqua M. Penniless, et même, femme, je ne serais pas fâché de savoir ce qui vous a rassurée, pour que je me rassure aussi.

— Si notre Johnny, s'écria mistress Penniless, est capable de faire des complaintes, il les vendra avec ses journaux, au lieu de vendre celles des autres, et ce sera double bénéfice.

— Je n'avais pas songé à cela », dit M. Penniless en allumant sa pipe.

Ainsi par la faute d'un sot (car le brave M. Mac Specimen était un sot) se trouva scellé le destin de Johnny. Tous ceux qui avaient autorité pour le détourner du triste métier de versificateur sans génie, semblèrent s'être concertés pour le pousser dans la mauvaise voie : M. Mac Specimen, ses parents, les amis de ses parents, et les amis des amis de ses parents. Il eut bien vite la notoriété du petit canard couvé dans le clan des poules. On lui demandait de tous les côtés des couplets pour les naissances, pour les mariages, pour les anniversaires, des lettres en vers pour le jour de la saint Valentin ; et lui, avec la déplorable facilité des esprits médiocres, il versifiait des chefs-d'œuvre dignes d'être enroulés autour des mirlitons de la foire, ou d'envelopper les bonbons des confiseurs.

VIII

A force de vendre des journaux dans les rues, Johnny avait amassé un petit pécule, auquel s'était ajouté le bénéfice produit par la vente de quatre complaintes composées par lui-même sur la vie, les exploits et les dernières paroles de quatre gentlemen condamnés par le jury des assises à être pendus par le col jusqu'à ce que mort s'ensuivît.

Quelques lignes du *Times*, recueillies par Johnny et commentées en famille, firent du marchand de journaux ambulant un marchand de journaux stationnaire.

Un certain M. Murphy, qui vendait, dans une petite boutique, des journaux et de la papeterie, demandait à s'adjoindre, pour raison de santé, un jeune homme qui pût le remplacer quand il était confiné dans son lit par un de ses accès de goutte.

La famille Penniless tout entière se transporta auprès de

M. Murphy, dans son petit logement de Chancery-Lane. Ce fut la dame à la jambe de bois qui discuta les termes et les conditions de l'association, MM. Penniless *senior* et *junior* approuvant du bonnet.

Comme M. Murphy ne quittait plus guère son lit, John se trouva seigneur et maître d'une petite boutique de papeterie, et partagea désormais son temps en quatre parts.

La première part naturellement était consacrée à servir les clients, la seconde à lire des vers, la troisième à composer des poèmes étranges, et la quatrième à discuter les affaires de la maison avec M. Murphy.

John couchait dans un petit taudis attenant au logis de M. Murphy, et prenait ses repas soit avec M. Murphy, soit dans l'arrière-boutique. Il consacrait ses dimanches à ses parents.

IX

Il menait la vie de commerçant établi depuis un an et quelques mois, lorsque Penniless *senior*, qui avait rapporté de l'Inde les éléments constitutifs d'une bonne maladie de foie, s'éteignit brusquement.

La dame à la jambe de bois, qui lui était fort attachée, le suivit dans l'autre monde, comme elle l'avait suivi autrefois dans l'Inde; et John Penniless, devenu orphelin, recueillit la succession de ses parents. Ce n'était pas grand'chose, c'était assez néanmoins pour acheter la part de M. Murphy dans l'association. Les médecins avaient recommandé en effet à M. Murphy de renoncer au commerce, à l'absorption immodérée du gin et au séjour de Londres. Ayant vendu sa part à John, ce gentleman se fit transporter dans le Devonshire, où l'un de ses neveux exploitait une ferme.

Parmi les clients les plus assidus de John, il y avait un vieux gentleman très peu soigneux de sa personne et dont les idées ne semblaient pas bien nettes. La première fois qu'il vit l'associé de Murphy, il acheta deux journaux, qu'il mit dans sa poche, puis, s'approchant du comptoir avec des airs de mystère, il dit tout bas à John :

« Vous devriez avoir un chat !

— Grâce à Dieu, répondit John avec sa politesse habituelle, nous n'avons point de souris dans la maison.

— Un chat tient compagnie, répondit le vieux gentleman avec un hochement de tête plein de mélancolie et de profondeur.

— M. Murphy n'aime pas les chats », répliqua John.

Le vieux gentleman leva les mains au ciel, avec un geste de protestation. Il protestait ainsi contre les opinions de M. Murphy. Après cela, il s'en alla sans ajouter un mot.

X

Tous les jours John le voyait arriver à la même heure. Mais peu à peu, au lieu de mettre les journaux dans sa poche, il prit l'habitude de s'asseoir dans un coin, ayant l'air de se croire chez lui. Alors il se mettait sur le nez une paire de grosses lunettes, et lisait les journaux. John, par respect pour son âge, s'abstint de lui faire observer qu'il n'était pas dans un café, mais dans une papeterie. Au bout d'un certain temps, le vieux gentleman se hasarda à faire quelques observations sur le contenu des journaux. Ces observations étaient plus que bizarres, et John crut avoir découvert le secret de cette bizarrerie dans ce fait que le vieux gentleman lisait à la file la première ligne de chacune des colonnes et passait à la suivante qu'il lisait de même dans toutes les colonnes à la file.

Un jour, au hasard de la conversation, le vieux gentleman déclara à John qu'il aimait la poésie à la passion. John prit feu et parla poésie avec une telle conviction que le vieux gentleman s'écria :

« Je vous soupçonne d'être poète.

— Je le suis, répondit John avec une orgueilleuse modestie.

— Alors, frère, s'écria le vieux gentleman, donnez-moi la main. Je n'ai jamais vu de poète vivant et je suis si heureux,... si fier d'en voir un que..., donnez-moi la main. »

John donna la main au vieux gentleman, et avant que quinze minutes se fussent écoulées, il lui avait déjà récité tout le début d'un grand poème qu'il était en train de composer.

Le vieux gentleman, dodelinant de la tête, faisait des yeux tout blancs, et poussait de fréquentes exclamations de joie et d'admiration.

Et à partir de ce jour John fut fermement persuadé que le vieux gentleman était un original et non pas un fou ; et il cessa complètement de le considérer comme un intrus ou un importun.

Dès le lendemain du départ de M. Murphy, le vieux gentleman apporta, dans une des poches de sa houppelande, un joli petit chat, dont il fit solennellement cadeau à son poète favori.

Pendant deux ans, le vieux gentleman fut un visiteur fidèle et bienvenu. John avait toujours quelque chose à lui lire, et l'admiration du vieux gentleman allait toujours croissant.

XI

Un certain lundi de septembre, le vieux gentleman ne vint pas à la papeterie.

« Il est peut-être malade, se dit John. Mais comment s'en assurer ? »

Le vieux gentleman n'avait jamais fait connaître au papetier-poète ni son nom, ni son adresse. Le mardi, il ne vint pas non plus, ni le mercredi. Le jeudi, John vit entrer dans sa boutique un des clercs de l'étude Dobson, Crack et Cie. Il connaissait de vue cet homme, et il pensa tout naturellement que Dobson, Crack et Cie lui envoyaient des papiers d'affaires pour qu'il les fît copier.

« Vous êtes bien M. John Penniless? lui demanda le clerc.

— Oui, répondit John.

— M. John Penniless le papetier?

— Mais oui.

— Le papetier-poète?

— Ou...i, dit John en rougissant.

— Alors vous êtes l'homme.

— Quel homme?

— L'homme qui va m'accompagner chez Dobson, Crack et Cie.

— Pourquoi? demanda John.

— Communication qui vous intéresse.

— Puis-je au moins savoir...?

— Sachez qu'on vous attend, répliqua le clerc, c'est tout ce que je suis autorisé à vous dire. Et puis, j'aurais l'indiscrétion de vouloir vous en dire davantage que je serais arrêté tout net par ce fait, que je n'en sais pas davantage. Venez-vous? »

Le papetier-poète chargea sa femme de ménage de veiller sur la boutique pendant son absence, et suivit le clerc, fort intrigué.

XII

MM. Dobson et Crack firent savoir au papetier-poète qu'un de leurs clients, vieux célibataire sans famille, était mort le lundi précédent. Il avait laissé un testament. Par ce testament

il léguait quarante mille livres sterling à partager entre l'hôpi-
tal des chevaux réformés, celui des chiens sans maître et celui
des chats sans domicile. Il laissait deux mille livres sterling,
soit cinquante mille francs, à son bon ami M. John Penniless,
papetier et poète.

« Mais, objecta John, est-ce que ce testament ne vous semble
pas un peu... ?

— Non, monsieur, répondit M. Dobson, il ne nous semble pas
un peu..., ni même beaucoup...; nous n'avons pas le droit
d'émettre des jugements sur les volontés de nos clients.

— Soit! répondit John ; mais ne pensez-vous pas que ce testament pourrait être attaqué par la famille?

— Il n'y a point de famille », dit M. Dobson ; et M. Crack répéta d'un ton pénétré : « Pas l'ombre de famille.

— Alors vous pensez que je puis accepter le legs qui m'est
destiné par la volonté du testateur?

— Parfaitement, mon cher monsieur ; seulement....

— Seulement, quoi?

— Seulement, vous êtes tenu de pourvoir à l'entretien et à la
nourriture de lord Standish jusqu'à sa mort.

— J'y aurais pourvu quand même, répliqua John : lord Standish est mon chat, un chat qui m'a été donné par le géné-
reux M...?

— M. Wickham, suggéra M. Dobson.

— Il y a encore une autre clause, ajouta M. Crack en regardant John par-dessus ses lunettes. M. Wickham désire que le lé-
gataire lui compose une épitaphe en vers.

— Deux s'il le faut! s'écria John Penniless.

— Une seule suffit », dit M. Dobson.

XIII

Le convoi de M. Wickham fut accompagné des trois direc-
teurs des établissements auxquels le défunt avait fait des legs
pour leurs pensionnaires, et de John Penniless. L'épitaphe fut
gravée sur marbre noir, en lettres d'or, et John Penniless sentit
son cœur se gonfler d'un noble orgueil quand il vit sa poésie
reproduite en belles lettres majuscules; jusque-là, sauf quatre
complaintes imprimées avec des têtes de clous sur papier à chan-
delles, le poète n'avait admiré ses propres œuvres qu'en manuscrit.

Ce n'est pas qu'il n'eût fait de vaillants efforts pour vaincre
l'obstination des éditeurs, mais les éditeurs lui avaient renvoyé
ses manuscrits avec des annotations diffamatoires : *Poésies triviales; — Poésies bouffies et creuses; — Poésies vulgaires; —
Poésies qui n'ont de poésies que le nom!*

Au lieu de se rendre justice, et d'allumer son feu avec ses
manuscrits, John Penniless avait ricané en se disant : « Ces
messieurs sont trop grands seigneurs pour s'intéresser aux poésies d'un simple papetier, et je suis parfaitement sûr qu'ils ne les
ont même pas lues ! Ah ! s'il s'agissait des œuvres d'un gentleman, ils chanteraient une tout autre gamme ! »

Si John Penniless eût été ce qu'il n'était pas, c'est-à-dire un
homme sensé, il aurait mis dans son commerce les cinquante
mille francs de M. Wickham, et il est probable qu'ils y auraient
fructifié; car, chose étrange, ce faux poète était né avec l'instinct du commerce; il tenait cela du père de sa mère, qui était
du Yorkshire, l'un des comtés d'Angleterre où l'on trouve le
plus de gens prudents et avisés par nature.

Au lieu donc d'agrandir le cercle de ses affaires, et de tendre,
par la voie du négoce, vers le but qu'avait rêvé pour son fils la

dame à la jambe de bois, l'émule de Tennyson n'eut rien de plus pressé que de vendre son petit fonds afin de rompre le lien qui l'attachait aux classes laborieuses. Après avoir fait ce beau coup, il se fit habiller en gentleman, se loua un petit logement de gentleman dans un quartier fashionable, et se commanda des cartes sur lesquelles on lisait : *John Penniless, esquire.*

Quand il se fut familiarisé avec son costume de gentleman, son logis de gentleman et ses cartes de gentleman, et qu'il eut pris la désinvolture et les habitudes d'un « gentleman de loisir », selon l'expression usitée de l'autre côté du canal, il dit à lord Standish : « Milord, je crois que voilà le moment venu d'aller faire quelques petites visites à messieurs les éditeurs. J'ai comme une vague idée que nous les trouverons plus traitables. Qu'en pensez-vous? »

Lord Standish, devenu chat de gentleman, après avoir été chat de papetier, avait conservé une préférence peu aristocratique pour le mou de veau. La seule différence qu'il y eût pour lui entre la vie d'autrefois et celle d'à présent, c'est qu'au lieu de sommeiller sur son comptoir, immobile comme un encrier (*standish*), il se vautrait à la journée sur de jolis meubles, que, dans son opinion, le tapissier avait fabriqués pour l'ébattement des « chats de loisir ».

XIV

Quand son maître lui demanda « ce qu'il en pensait », lord Standish, roulé en boule sur un canapé de satin, ne répondit pas tout de suite à la question; il ne daigna pas même ouvrir les yeux. Il les ouvrit cependant lorsque John Penniless, ayant tiré ses manuscrits d'un joli chiffonnier, commença à leur faire un bout de toilette avant de les présenter dans le monde sous de nouveaux auspices. Il entourait soigneusement chaque rouleau d'un large ruban de soie de couleur éclatante, noué en cra-

vate. Au bruit du papier froissé, lord Standish avait ouvert les
yeux. Tout d'un coup, il s'élança de son canapé, et, saisissant
des griffes et des dents le manuscrit de *la Belle Edwige*, il arra-
cha le titre et la moitié de la première page.

John Penniless poussa un cri, et lord Standish se sauva sous le
canapé avec son butin, qu'il déchira en toutes petites miettes. Un
chat pouvait-il répondre plus clairement à la question de son
maître. « Qu'en pensez-vous? » avait demandé John Penniless, et le chat avait répondu : « Je pense que tes poésies sont
bonnes à faire des boulettes pour amuser les chats ».

John Penniless cependant n'accepta pas cet oracle. Ayant reco-
pié la première page de *la Belle Edwige*, il roula le manuscrit,
le cravata avec soin, le mit dans sa poche avec les autres, et
commença sa tournée.

Il avait eu bien raison de croire que les éditeurs « chanteraient une tout autre gamme » quand ils verraient arriver un
« gentleman de loisir » au lieu d'un vulgaire papetier.

Il s'en alla d'abord frapper à la porte du grand éditeur Monrose and C° de Pall-Mall. Il fut reçu dans un cabinet confortable
par un gentleman correct et empesé qui, dès les premiers mots,
proposa au poète gentleman de le débarrasser de ses manuscrits, pour les introduire dans un grand carton noir qui ressemblait un peu à un sarcophage.

Je ne sais quel instinct poussa M. J. Penniless, esquire, à
demander si c'était bien à M. Monrose en personne qu'il avait
l'honneur de parler. Non, ce n'était pas à M. Monrose, mais à
son premier commis. John Penniless insista pour voir M. Monrose, fit passer sa carte et finalement fut introduit auprès de
M. Monrose. M. Monrose, qui était un gros brave homme d'aspect bienveillant, avec des yeux très gais et très malins, fit
causer M. Penniless, et devina à qui il avait affaire.

Mais on n'éconduit pas un gentleman de loisir comme un
simple papetier. M. Monrose s'engagea donc à faire lire les
poésies de M. Penniless par un des lecteurs de la maison. La
chose traîna un peu en longueur, et au bout seulement de neuf
mois et sept jours M. John Penniless, esquire, fut invité à venir
retirer ses manuscrits, le lecteur ayant trouvé ses poésies

trop *hardies*. Le lecteur, dans son rapport, avait mis le mot
absurdes et triviales; M. Monrose, par politesse pour le gentleman de loisir, avait adouci la forme du jugement; mais il
refusait de publier les œuvres ou partie des œuvres de M. John
Penniless, esquire.

XV

Au bout de cinq ans, M. John Penniless, esquire, avait visité
onze éditeurs, qui tous semblaient s'être entendus pour tenir la
lumière sous le boisseau.

De guerre lasse, le gentleman de loisir se serait probablement
décidé à être son propre éditeur, s'il n'y avait eu à cela un petit
empêchement. Pour s'éditer soi-même, comme pour éditer les
autres, il est urgent de faire des avances de fonds, parce que le
marchand de papier ne fournit pas sa marchandise pour l'amour
de l'art, et que l'imprimeur est dans la stricte obligation de
rémunérer le travail de ses ouvriers typographes. Or le gentleman de loisir n'avait pas de fonds à avancer, ou, pour mieux dire,
il n'en avait plus, ayant vu la fin de ses deux mille livres.

A la suite d'un petit règlement de comptes avec sa propriétaire, il avait quitté son joli logement de gentleman pour aller
s'installer dans un galetas, laissant dans le logement qu'il dé-
sertait les plus belles de ses plumes, c'est à savoir ses chaises
valides, et son chiffonnier, ses fauteuils, son bois de lit et
autres biens meubles.

Comme il était en délicatesse avec son boulanger et son bou-
cher, il s'était vaillamment réduit à la portion congrue; quant
à lord Standish, il avait toujours sa portion de mou accoutumée,
car si John Penniless était fou du cerveau, il avait le cœur honnête et le caractère loyal. Le pauvre diable en était réduit à
faire sa cuisine lui-même, et quelle cuisine!

Parmi les quelques connaissances qu'il avait conservées, quoique déchu, il y avait une légende courante; si elle n'était pas vraie, elle avait du moins le mérite d'être absolument conforme au caractère du personnage. Voici ce que disait cette légende : Si John Penniless en était réduit à se contenter de quelques pauvres bouchées de viande, il cherchait à se faire illusion sur l'exiguïté de sa provende quotidienne. A cet effet, il avait installé sur sa table une loupe qui grossissait les objets, et transformait son rogaton de viande de quatre pence en une belle pièce de roastbeef.

XVI

Poète hyperbolique, c'était en se servant de cette hyperbole qu'il cherchait à se faire illusion

Quoi qu'il en soit, même chez les poètes hyperboliques, l'estomac est un organe prosaïque, raisonneur, et qui ne se laisse pas duper longtemps. Il vint un jour où l'estomac de John Penniless se révolta ouvertement, et réclama à grands cris une nourriture plus solide qu'un rogaton de quatre pence, grossi par la loupe aux proportions d'un ample roastbeef.

Peut-être ce jour-là, John Penniless, esquire, regretta-t-il sa petite papeterie d'autrefois; peut-être voua-t-il aux dieux infernaux la race tout entière des éditeurs trop prudents; peut-être même dans son galetas rêva-t-il, comme il est arrivé à plus d'un Anglais dans le même cas, d'en finir d'un seul coup avec ses chagrins et la misère qui s'avançait vers lui à grands pas.

Quoi qu'il en soit, une simple caresse de lord Standish suffit pour remettre l'âme honnête de John Penniless dans un courant d'idées plus saines.

« Eh parbleu! se dit-il, outre les raisons supérieures qui interdisent à un malheureux de porter la main sur lui-même, un homme a toujours des raisons de vivre tant qu'il a un devoir à accomplir. Milord Standish, je n'ai pas le droit de vous laisser

orphelin; car j'ai promis de veiller sur vous jusqu'à la fin de
votre vie, et je serais déshonoré à mes yeux si je ne tenais pas
cette promesse. Ce que je n'aurais peut-être pas fait pour moi,
je le ferai pour vous, milord. Donnez-moi la patte pour me
prouver que vous ne m'en voulez pas d'avoir été un moment sur
le point de vous oublier. »

Milord allongea sa patte sans rancune, et M. John Penniless
la serra avec effusion.

En ce moment, quelqu'un frappa à la porte et John Penniless
cria : « Entrez! »

La personne qui entra était un homme en paletot râpé, avec
un chapeau bossué et des souliers malpropres. Cet homme jeta
autour de lui un regard rapide, et, quoique le logis de John
Penniless fût l'image de la misère parfaite, il salua avec le plus
grand respect.

« M. John Penniless, dit-il, je vois que vous ne me reconnaissez pas.

— Si fait, je vous reconnais bien, répondit John Penniless :
c'est vous qui étiez gardien de la saisie quand ma propriétaire
a obtenu un jugement contre moi, dans mon dernier domicile.

— Je faisais mon métier, répondit humblement l'homme
râpé. Il ne faut pas m'en vouloir, monsieur Penniless.

— Je ne vous en veux pas le moins du monde, répondit John
Penniless ; seulement je me demande....

— Vous vous demandez pourquoi je suis venu vous relancer
ici.

— Précisément.

XVII

— Vous avez la mémoire courte, du moins pour certaines
choses, monsieur Penniless. Le jour où j'ai eu l'honneur de faire
votre connaissance, vous étiez vous-même dans de grandes diffi-

cultés, et ma présence seule devait vous être odieuse. Et cependant, monsieur Penniless, vous avez été bon pour moi. Quand je vous ai dit que ma femme et mes deux enfants étaient malades et que nous étions sans ressources, vous avez eu la bonté, la générosité de me prêter deux livres. Nous nous sommes remis à flot, monsieur Penniless, et je venais....

— Asseyez-vous, monsieur Brown, dit M. Penniless en offrant à M. Brown une chaise démantelée. Vous êtes un honnête homme, monsieur Brown. J'ai prêté dans ma vie à bien des gens qui se disaient mes amis, et qui ne m'ont jamais rendu ce que je leur avais prêté. Vous êtes le premier....

— Oh! est-ce possible? s'écria M. Brown.

— C'est possible et cela est, et je n'en ai que plus de plaisir à regarder la figure d'un honnête homme et à serrer la main d'un honnête homme. Et tenez, monsieur Brown, puisque ma bonne fortune met sur mon chemin, dans un moment très critique, un brave et honnête homme comme vous, je vais vous demander un conseil.

— Moi, donner un conseil à un gentleman comme vous, monsieur Penniless, vous n'y songez pas certainement.

— Monsieur Brown, reprit John Penniless avec un sourire un peu amer, le gentleman qui est devant vous possède en tout et pour tout les deux livres que vous venez de lui donner; il est prêt à faire n'importe quel métier, pourvu qu'il soit honnête, afin de gagner son pain et le mou quotidien de lord Standish.

— Le mou de lord Standish! s'écria M. Brown en regardant M. Penniless d'un air ahuri.

— Lord Standish est mon chat, reprit M. Penniless en souriant, un chat qui m'a été confié, dont je réponds et que je me suis engagé sur l'honneur à entretenir et à nourrir jusqu'à la fin de sa vie naturelle. Eh bien, monsieur Brown, voyons! vous qui avez affaire à tant de gens, ne pourriez-vous pas me procurer ou m'indiquer un métier honnête, capable de nourrir un homme peu exigeant et son chat? »

XVIII

M. Brown avait appliqué contre sa poitrine son chapeau bos-
selé et, par-dessus la couronne de ce misérable couvre-chef,
regardait ses souliers crottés d'un air de profonde réflexion.

Plusieurs fois il fut sur le point de parler, et plusieurs fois
il s'arrêta en secouant la tête.

« Eh bien? lui demanda M. Penniless.

— Non, décidément, monsieur Penniless, ça ne pourrait pas
aller; plus j'y réfléchis, plus je trouve que ça ne pourrait pas aller.

— Qu'est-ce qui ne pourrait pas aller?

— Ce que j'allais vous proposer. Ah bien oui! ce serait du
beau de dire à un gentleman....

— Supposez que je ne suis pas gentleman, et parlez.

— Vraiment, monsieur Penniless, vous croyez que je puis...?

— Je crois que vous pouvez, et même j'en suis sûr, et même
je vous en prie.

— Eh bien, monsieur Penniless, voilà ce qui en est. Dick Born
s'enivre à faire frémir....

— Qui est Dick Born?

— Un de mes camarades, monsieur Penniless. Il s'enivre au
point qu'il ne peut plus faire son service, et que M. Dunbar l'a
chassé ce matin.

— Qui est M. Dunbar?

— C'est le gentleman qui m'emploie. La place de Dick Born
est vacante, et sur un mot de moi.... Mais c'est absurde de croire
que vous accepteriez une méchante place comme celle-là!

— Ami Brown, répondit sérieusement M. Penniless, si, avec
votre recommandation, je puis obtenir l'emploi laissé vacant
par M. Dick Born, je vous serai profondément reconnaissant.
Ami Brown, vous voyez devant vous un homme revenu de toutes

les vanités de ce monde. J'ai rêvé la gloire, M. Brown, ah! ah!
ah! » Et il souffla en l'air, comme pour montrer que la gloire est
une plume qui vole au vent. « J'ai rêvé encore..., reprit-il, mais
peu importe ce que j'ai rêvé, puisque me voilà bien éveillé! Ce
que je rêve maintenant, c'est une bonne petite place de recors.
Je verrai la vie de ce monde sous un nouvel aspect, sous beaucoup d'aspects nouveaux, et..., et lord Standish aura son mou.
Reste seulement à savoir si M. Dunbar....

— Puisque vous le prenez comme cela, dit M. Brown en le
regardant avec admiration, je puis vous assurer que M. Dunbar
sera trop heureux....

— Moi aussi, répliqua M. Penniless. Je compte sur vous,
monsieur Brown, pour ne pas laisser prendre la place. »

XIX

Et voilà comment M. John Penniless, qui aurait pu devenir
millionnaire et baronnet, s'il avait eu seulement du bon sens,
poète-lauréat et grand homme, s'il avait eu seulement du génie,
vendit ses services à M. Dunbar en retour d'une rétribution
mensuelle si modeste que ce n'est pas la peine d'en parler.

Chat d'un simple recors gardien de saisies, lord Standish
n'eut pas même l'air de s'apercevoir de sa déchéance. Il continua
de vivre en chat philosophe, et mourut après une longue vie de
chat, comblé d'ans et rassasié de mou. John Penniless, de poète
désappointé, se transforma en philosophe cynique, « riant de
tout pour n'avoir pas à en pleurer ».

Il survécut longtemps à lord Standish, très fier d'avoir accompli son devoir jusqu'au bout. Par respect pour la mémoire de
ses parents, il avait changé de nom et se faisait appeler M. Bradford. Quand M. Bradford mourut à son tour, c'est l'État qui
fut son héritier. La vente des biens meubles de M. Bradford

rapporta à l'État la somme de quatre livres, plus douze pence, produit de la vente de quelques vieux papiers contenus dans une vieille valise. Ces vieux papiers représentaient les poésies complètes de John Penniless; ils s'en allèrent chez l'épicier et furent dispersés aux quatre vents du ciel. Alors, il ne resta plus rien de John Penniless que l'inscription gravée sur la tombe de M. Wickham, et encore cette pièce de poésie n'était-elle pas signée.

Ce que c'est que de nous !

QUI GUÉRIRA CABEDOCHE ?

I

C'est M. Jourdel qui n'était pas content de son petit garçon !
C'est Mme Jourdel qui n'était pas contente non plus ! ni sa
bonne ! ni les voisins !

Mon Dieu ! qu'avait-il donc fait de si vilain ?

Ne me demandez pas ce qu'il *avait fait* de si vilain ; de-
mandez-moi plutôt ce qu'il *faisait*, presque tous les jours.

Je vais vous dire comment cela avait commencé.

Un dimanche matin, M. Jourdel était en train de se faire la
barbe, debout devant un petit miroir qu'il avait accroché à la
fenêtre pour y voir plus clair. C'est une opération fort délicate
que de se raser soi-même, sans se faire d'estafilades sur les
joues ou sur le menton. C'est une opération encore plus délicate
quand on a double menton et qu'il faut se raser dans les plis
de la peau.

Or M. Jourdel avait double menton, et, ce dimanche-là, il
était précisément fort affairé à se raser le pli du côté droit.
Il y allait doucement, posément, lorsque tout à coup un cri
épouvantable fit retentir la maison tout entière.

Le voisin d'en dessus, un vieux célibataire, qui aimait à faire
la grasse matinée, tressauta dans son lit et cria, à moitié éveillé :
« Hein ? Qu'est-ce qu'il y a ? Est-ce que le feu est à la maison ? »

Quand il fut tout à fait éveillé, il grommela entre ses dents :
« Ah oui! c'est encore ce petit drôle du second qui fait des
scènes! En vérité, cela devient intolérable, et j'irai me plaindre
au propriétaire, pas plus tard qu'aujourd'hui. C'est scandaleux!
Les parents sont d'une faiblesse inexcusable. A leur place, il y
a longtemps que je l'aurais fourré au collège pour en débarrasser la maison! »

Ayant ainsi parlé, le vieux monsieur allongea le bras, saisit
sa canne, qu'il avait toujours sous la main, à côté de son lit, et
frappa à coups redoublés contre le parquet.

II

Le premier étage était occupé par une famille composée du
père, de la mère et de quatre petits enfants.

En entendant le hurlement d'André, les parents haussèrent
les épaules; quant aux quatre petits enfants, ils demeurèrent
immobiles, se regardant avec des yeux tout ronds, et échangeant
des signes de tête, sans prononcer une parole.

Leurs regards effarés et leurs hochements de tête énergiques
signifiaient clairement : « Ce n'est pas moi qui voudrais ressembler à ce petit garçon-là, oh non! »

Celui qui avait l'air le plus indigné et qui agitait sa tête frisée
avec le plus de force, c'était un petit monsieur de quatre ans,
qui répondait au doux nom de Michel.

La maman se détourna pour sourire en le voyant animé d'une
si vertueuse indignation contre le coupable.

Et pourquoi donc, s'il vous plaît, la maman ne pouvait-elle
pas s'empêcher de sourire? Parce que le jeune Michel, enfant
très bien portant, très vif et très volontaire, avait manifesté lui
aussi, pendant quelque temps, des velléités de se rouler par
terre et de pousser des hurlements quand il croyait avoir à se

plaindre de quelqu'un ou de quelque chose. La conduite scandaleuse du seigneur André et l'horreur qu'elle inspirait à tout le monde l'avaient corrigé net.

Voilà ce qui faisait sourire la maman.

Mme Jourdel, qui était en train de donner ses instructions à la cuisinière, s'élança hors de la cuisine, au premier cri d'André, et la cuisinière la suivit, à tout hasard.

Quant à M. Jourdel, comme il était revenu la veille au soir seulement d'un voyage de quinze jours, il ne connaissait pas encore la nouvelle lubie d'André, et le cri du petit garçon le prit absolument au dépourvu.

Il tressaillit et se fit une estafilade au menton, mais il n'y prit seulement pas garde, tant il avait été effrayé. « Seigneur Dieu! s'écria-t-il, c'est le cri d'un enfant blessé! Quelque meuble lui sera tombé sur le corps! »

Il s'élança hors de son cabinet de toilette, la serviette autour du cou, une joue rasée et l'autre couverte de mousse de savon, oubliant dans sa précipitation qu'il tenait toujours son rasoir à la main.

III

« Qu'y a-t-il? s'écria-t-il en se précipitant dans la chambre d'André.

— Ce qu'il y a? lui répondit sa femme qu'il rencontra sur le seuil, il y a un vilain petit garçon qui ne veut pas se laisser débarbouiller par sa bonne, qui se débat, qui rue, qui crie, qui hurle, qui ameute toute la maison.

— Est-ce qu'il y a longtemps que cela dure? demanda M. Jourdel d'un ton sévère.

— Quinze jours, mon ami, et c'est presque tous les matins la même scène.

— Nous verrons cela, reprit M. Jourdel, nous en reparlerons à un autre moment. »

Là-dessus, il se retira, laissant André tout penaud. Il n'aurait pas demandé mieux, le brave M. Jourdel, que de régler la question tout de suite; mais le moyen, je vous prie, de parler avec dignité quand on a une joue rasée et l'autre couverte de savon; quand on a le cou engoncé dans une serviette; quand on tient à la main un rasoir que l'on ne sait où déposer; quand on est accouru en babouches, et que, dans sa précipitation, on a laissé une de ses babouches en route, sans savoir même où on l'a laissée!

Mme Jourdel suivit son mari; la cuisinière retourna à ses casseroles, et maître André, penaud et mystifié, se laissa débarbouiller sans hurler, mais non pas sans renifler d'un air farouche, en grinçant des dents et en frappant du pied.

Pendant que M. Jourdel achevait de se raser, sa femme découpait une petite bande de taffetas d'Angleterre pour panser son estafilade; la barbe terminée, M. Jourdel en donna l'étrenne à sa femme, en l'embrassant, après quoi il lui demanda des explications.

« C'est, dit Mme Jourdel en parlant d'André, une lubie qui l'a pris récemment, sans aucune raison. Il s'y entête, il s'y cramponne, il s'exaspère et s'irrite: on ne peut le ramener ni par les punitions, ni par les récompenses, ni par le raisonnement.

— Me voilà bien surpris, répliqua M. Jourdel en relevant ses sourcils et en se caressant le menton à l'endroit du taffetas d'Angleterre. Je ne m'explique pas cette horreur de l'eau chez un enfant qui est naturellement propre, et même un peu coquet.

— Moi non plus, naturellement, reprit Mme Jourdel en faisant signe à son mari de laisser tranquille le taffetas d'Angleterre. Julie n'y comprend rien non plus. Il s'est buté à l'idée d'être propre sans se laver. Julie lui a dit de se débarbouiller lui-même, il lui a répondu que les enfants de six ans ne se débarbouillent pas tout seuls. Et quand elle veut le débarbouiller, l'eau est trop chaude ou trop froide, il y en a trop ou il n'y en a pas assez, Julie frotte trop fort ou trop doucement.

Si elle s'arrête, il dit : « Lave-moi! » Si elle le lave, il crie :
« Laisse-moi! » C'est, pour le moment, un véritable âne rouge.
Que faire, mon ami?

— Pour commencer, répondit gravement M. Jourdel, il sera
privé de dessert au déjeuner et au.dîner, aujourd'hui. Et puis...
eh bien! et puis après, nous verrons. »

Mme Jourdel retourna à la cuisine, pendant que M. Jourdel
achevait sa toilette. Mme Jourdel était une maman bien douce,
bien tendre pour son petit âne rouge. Si elle eût cédé à l'inspi-
ration de son cœur, elle aurait commandé à la cuisinière un de
ces desserts insignifiants dont André aurait moins regretté de
n'avoir pas sa part. Mais c'était une femme prudente et sensée.
Elle commanda donc les plats doux qu'André préférait à tous
les autres. Après quoi elle s'en alla pleurer dans sa chambre.

IV

Maître André, qui était très friand de plats doux, s'arrangea
désormais pour ne plus faire de scandale; mais il n'en continua
pas moins à rendre la vie dure à Julie. La bonne Julie, par un
sentiment de délicatesse mal entendu, garda pour elle le secret
des tourments que lui faisait endurer André, jusqu'au jour où
le drôle s'oublia et se trahit lui-même.

Après une bataille acharnée, Julie avait fini par laver le cou
et les oreilles d'André, qui, se considérant comme insulté, se
rua sur elle à coups de pied et à coups de poing.

« Fi! qu'il est laid! s'écria Julie; oh! quelle vilaine figure!

— C'est toi qui es laide! C'est toi qui as une vilaine figure!

— Regarde-toi seulement, répliqua Julie. Si tu te voyais dans
un miroir, tu aurais si grand'honte de te voir si laid, que tu ne
te mettrais plus jamais en colère. »

Elle prit alors sur la toilette un petit miroir à main, et le

plaça devant les yeux d'André. Mais André, au lieu de se regarder, donna un coup de poing dans le miroir, et le fit sauter
sur le parquet, où il se brisa.

Mme Jourdel, qui arrivait sur ces entrefaites, se fit conter
l'histoire. Elle mit provisoirement André en pénitence, et s'en
alla réfléchir dans sa chambre.

« Ainsi donc, se disait-elle tristement, André n'est corrigé
qu'en apparence. Quel nouveau moyen inventer, maintenant que
tous les autres ont échoué? » Le souvenir du miroir lui revint
alors. « L'idée de Julie avait du bon, se dit-elle. Cet enfant craint
le ridicule; s'il pouvait se voir tel qu'il est, quand il s'entête
stupidement à ne pas se laisser débarbouiller! Mais il ne con-
sentira jamais à se regarder. Pour bien faire, il faudrait qu'il
eût sous les yeux un autre enfant dans le même état.... Voyons
donc un peu.... Ma foi, je crois que j'y suis. »

Le lendemain, sur les huit heures et demie, comme le temps
était beau, Mme Jourdel, qui avait, soi-disant, une petite course
à faire, emmena André avec elle.

Elle alla sonner à la porte d'une grande maison, fut introduite
et demanda à parler à la directrice. La directrice en question
était à la tête d'une école maternelle. Ayant appris que la plupart des enfants de l'école étaient au lavabo, Mme Jourdel demanda à être témoin de leurs petites opérations. Il y avait là des
enfants de tous les âges et aussi de tous les caractères. Les uns
se faisaient un plaisir de barboter, les autres s'en acquittaient
comme d'un devoir, d'autres considéraient cela comme un
supplice, et se mettaient à pleurnicher ou même à hurler,
aussitôt que leurs mains entraient en contact avec l'eau.

André s'amusait beaucoup de leurs mines et de leurs grimaces. Un certain Cabedoche surtout faisait, en pleurnichant,
des grimaces si parfaitement hideuses, qu'on aurait juré qu'il
les faisait exprès et qu'il était payé pour cela.

Au bout d'un quart d'heure, Mme Jourdel se retira, emme-
nant André.

L'École maternelle, d'après le tableau de M. Geoffroy.

V

« Maman, dit tout à coup le petit homme, as-tu vu Cabedoche?

— Qui, Cabedoche? mon chéri.

— Ce petit que tous les autres regardaient, parce qu'il pleu-
rait et faisait des grimaces pour se laver les mains.

— Celui-là? Oui, je l'ai remarqué, répondit la maman
d'André, se détournant pour dissimuler un sourire.

— Faut-il qu'il soit bête, reprit André, de se rendre si laid,
tout simplement pour.... »

André n'acheva pas sa phrase, et sa maman se garda bien de
l'achever pour lui, ou de le pousser à l'achever lui-même. Il
valait mieux qu'il fît ses petites réflexions à son aise. On verrait
ce qui en sortirait.

Voici ce qui en sortit :

Après quelques minutes de silence, pendant lesquelles André
avait mûrement réfléchi, il demanda à sa maman : « Suis-je
aussi laid que Cabedoche quand je ne veux pas que Julie me
débarbouille? »

Sans répondre oui, Mme Jourdel fit un petit signe de tête qui
voulait dire oui.

André ne dit pas un mot jusqu'à la maison, et sa maman ne
lui demanda pas à quoi il pensait; mais elle le savait bien.

Quelques jours plus tard, la maman demanda à Julie :

« Eh bien, ma fille, comment cela se passe-t-il avec André?

— Madame me croira si elle veut, répondit Julie, mais,
depuis deux jours, André n'est plus le même. Pour sûr, il a dû
lui arriver quelque chose. Il n'est pas parfait dans son genre,
mais il ne s'entête plus et ne fait plus de grimaces.

— Allons, tant mieux, répondit Mme Jourdel en souriant, espérons que cela continuera. »

Et cela continua.

Ainsi donc l'exemple d'André avait guéri Michel, et celui de Cabedoche avait ouvert les yeux à André; màis qui guérira Cabedoche?

LA CRISE

I

Il y avait une fois un petit garçon qui s'ennuyait joliment
dans sa chambre. C'était un jeudi, par une belle matinée du
commencement de l'automne. Le petit garçon, après avoir
parachevé en conscience sa petite besogne d'écolier, s'était levé
de son tabouret, et, pour le moment, debout devant la fenêtre,
le nez aplati contre l'une des vitres d'en bas, il regardait, au-
dessous de lui, sa cousine, qui jouait à courir avec son chat,
dans le jardin d'à côté. Oh! comme le petit garçon aurait voulu
être là-bas, pour jouer avec le chat et la petite fille! Il en tré-
pignait d'impatience et de désir.

Alors, qu'est-ce qui l'empêchait de descendre? Ses devoirs
étaient faits, son papa et sa maman lui permettaient d'aller
tous les jours dans le jardin de son oncle. Son oncle et sa tante
l'y voyaient toujours venir avec plaisir. — Alors, quoi? —
Vous demandez quoi? Eh bien, le petit garçon en avait gros sur
le cœur contre sa cousine. Pas plus tard que la veille... Mais laissez-moi vous conter cela par le menu, avec les comment et les
pourquoi, et ce que l'on appelle les tenants et les aboutissants.

Le petit garçon s'appelait César, et c'était vraiment bien malheureux pour lui. En effet, qui dit César, dit un être hardi,
entreprenant, batailleur; or notre César à nous était doux et

timide comme une petite fille ; et puis, si naïf avec cela qu'on
l'attrapait à tout bout de champ. Le contraste qu'il y avait entre
son nom et son caractère prêtait bien souvent à rire ; la petite
cousine ne se privait pas de ce plaisir, vu qu'elle était vive,
taquine et entreprenante. Cette petite peste s'appelait Blandine.
Blandine! Rien que le son et la prononciation de ce mot vous
donnent l'idée de quelqu'un de doux, de modeste et de bon ; les
personnes qui savent le latin vous diront de plus que c'est précisément là le sens du mot. Les parrain et marraine de Blandine
avaient eu la main aussi heureuse que ceux de César ! mais
laissons là ces braves gens qui n'y avaient certainement pas
entendu malice.

Quand Mlle Blandine en était réduite, pour tout potage, à la
compagnie de son chat, le sieur Mistigris, elle était trop heureuse de trouver le cousin César. Car, outre qu'elle lui faisait
faire ses quatre volontés, elle l'aimait à sa manière, qui certainement n'était pas la bonne. On ne peut réellement pas dire
qu'elle n'eût point de cœur, mais les personnes qui se plaisent
à taquiner leurs amis et à faire de l'esprit à leurs dépens, les
blessent aussi vivement et les rendent aussi malheureux que
pourraient le faire leurs pires ennemis. Elles s'exposent donc à
s'entendre dire qu'elles n'ont pas de cœur. A bon entendeur,
salut !

Or, la veille, pendant que Blandine et César jouaient ensemble, avec le sieur Mistigris en tiers, les deux petites filles de
l'horloger étaient venues rendre visite à leur bonne amie.
Comme toujours, cette mauvaise pièce de Blandine fit les hon-
neurs de son cousin, s'amusa et amusa les autres à ses dépens,
tant-et si bien que le pauvre César s'enfuit tout honteux, le
cœur profondément blessé, et se jura que, cette fois, il était
bien décidé à ne plus remettre les pieds dans le jardin de
Blandine.

II

Blandine, de son côté, avait passé une assez mauvaise nuit. Elle éprouvait des remords, elle s'avouait à elle-même qu'elle était allée trop loin ; elle prit à plusieurs reprises la ferme résolution d'être bonne avec César et de lui faire oublier toutes ses taquineries. Très bien! Mais alors elle n'avait qu'à aller trouver César et à lui demander pardon. Elle savait que César lui pardonnerait, c'était une si bonne pâte de cousin! La vanité la retint, elle préféra prendre un autre biais.

Le biais qu'elle prit, ce fut de descendre au jardin. Sûre que César la voyait de sa fenêtre, elle fit semblant de s'amuser comme une folle, pour induire César en tentation. Quand elle vit le nez de César collé contre la vitre, elle redoubla d'entrain et d'allégresse ; puis, à un certain moment, feignant de l'apercevoir tout à coup par hasard, elle lui sourit comme s'il ne s'était rien passé entre eux, et lui fit signe de venir. Comme le nez de César demeurait obstinément collé à la vitre, elle alla chercher une belle pomme qu'elle avait mise en réserve comme dernier argument, et la lui tendit en lui adressant des signes de tête qui voulaient dire clairement : « Elle est pour toi! »

Le nez de César disparut et Blandine crut avoir cause gagnée. Mais, si le nez de César avait disparu, c'est que la mère de César venait d'entrer dans la chambre.

« Tes devoirs sont finis, mon petit?

— Oui, maman.

— Alors ne reste pas enfermé par un si beau temps ; tiens, voilà Blandine qui te fait signe, va jouer avec elle dans le jardin. »

Comment dire qu'il ne voulait pas aller au jardin, sans expliquer pourquoi et sans accuser sa cousine? En agissant ainsi, César aurait cru commettre une lâcheté; il sortit donc de la chambre, bien décidé à aller rôder le long des haies, plutôt que de mettre le pied dans le jardin de Blandine.

Mais c'est comme un fait exprès : à la porte de la rue il se trouva nez à nez avec sa tante, qui lui dit en l'embrassant : « Descends au jardin, Blandine t'attend ».

Et, lui posant la main sur l'épaule, elle le fit entrer dans le corridor. Au bout du corridor il trouva le perron de pierre. Il se retourna alors, décidé à revenir sur ses pas; mais sa tante le regardait en souriant. Il descendit donc les marches une à une. Quand il n'avait pas le cœur gros, il en sautait deux à la fois.

Lorsque Blandine le vit paraître, elle fut sur le point de lui sauter au cou et de lui demander pardon. Ah! si elle eût cédé à ce premier mouvement, qui était le bon! Quelque chose qu'elle vit ou crut voir sur la figure de César l'arrêta tout court. Du moment qu'il s'était décidé à venir de bon gré, pourquoi avait-il cet air morose, défiant, embarrassé? Ah oui! elle comprenait! Ce n'était pas pour elle qu'il venait; c'était pour la pomme. Oh! le gourmand! Et elle le méprisa un peu pour sa gourmandise.

III

Arrivé à la dernière marche de l'escalier de pierre, César, au lieu de se précipiter sur la pomme, s'adossa au gros pilastre de la rampe et regarda Blandine d'un air défiant.

« Nigaud, lui dit Blandine avec son plus joli sourire, qu'est-ce qui t'arrête et de quoi as-tu peur? Voilà une belle pomme que j'ai gardée exprès pour toi : prends-la, je te la donne, et soyons bons amis. »

Le sourire de Blandine était bien séduisant et la pomme aussi; et malgré cela César hésitait encore, partagé entre son

« Allons donc ! » dit Blandine d'un air engageant. (Voir p. 115.)

désir et sa rancune. Par un geste familier aux gens indécis, il avait porté sa main à sa joue au lieu de la tendre vers sa cousine.

« Allons donc! dit Blandine d'un air engageant.

— Oui, mais..., balbutia César.

— Mais quoi?

— Qu'est-ce que tu caches derrière ton dos?

— Rien du tout », répondit Blandine. Notez qu'elle disait la vérité; elle tenait bien, il est vrai, dans sa main gauche une de ces pelles de bois dont se servent les enfants pour jouer avec le sable, et elle avait la main gauche derrière le dos; mais c'était par hasard, sans mauvaise intention.

Le pauvre César, au lieu de montrer une défiance trop bien justifiée d'ailleurs par le passé, aurait dû tendre hardiment la main, prendre la pomme et sceller la paix; et ce qui arriva alors ne serait pas arrivé.

Ce qui arriva, c'est que le démon de la taquinerie, assoupi depuis la veille dans l'âme de Blandine, prit pour une invite la question de César, et se réveilla tout guilleret.

« Au fait, souffla-t-il à l'oreille de Blandine, si nous punissions César de se faire tant prier; si, lorsqu'il tendra la main pour prendre la pomme, nous lui allongions sur les doigts un petit coup de notre pelle de bois; oh! un coup pour rire, bien entendu!

— C'est cela, lui répondit intérieurement Blandine, un petit coup pour rire. »

Enfin César se décida à allonger la main. A peine ses doigts se sont-ils refermés sur la pomme, qu'un coup sec de la pelle de bois la lui fit lâcher. Voyant rouler cette pomme sur le sable, le sieur Mistigris se mit à jouer avec elle, en prenant des poses gracieuses pour amuser la galerie.

La galerie avait bien affaire des poses gracieuses du sieur Mistigris!

IV

« Oh! s'écria Blandine avec un sincère repentir, vrai, César,
vrai, je ne voulais pas taper si fort. Reviens, reviens! »

César, pâle d'indignation, les lèvres serrées, les yeux animés
d'un courroux trop légitime, remontait l'escalier de pierre,
bien résolu à ne plus jamais le redescendre.

Deux personnes avaient été témoins de ce petit drame intime : la maman de Blandine et celle de César. Toutes les deux
approuvèrent César lorsqu'il déclara que plus jamais il ne joue-
rait avec Blandine : elles avaient leur idée. La maman de César
lui trouva des camarades pour l'empêcher de trop regretter le
jardin. La maman de Blandine s'arrangea pour que sa petite
fille en fût réduite pendant quinze grands jours à la société du
sieur Mistigris. Grâce à cet ingénieux arrangement, le débonnaire César put tenir rigueur à sa cousine, et la cousine put
réfléchir tout à son aise aux déboires qui suivent toujours les
plaisirs de la taquinerie.

Les orages purifient l'atmosphère; la crise violente provoquée
par le coup de pelle produisit un effet analogue. Au bout d'une
quinzaine, trouvant l'épreuve suffisante, les deux mamans, qui
étaient de fines mouches, amenèrent une réconciliation, sans
avoir l'air d'y toucher. On aperçoit bien encore de temps en
temps quelques nuages dans le ciel des deux cousins, mais ces
nuages ne recèlent point la foudre et se dissipent sans causer
de dégâts; savez-vous pourquoi? Parce que, César ayant perdu
de sa timidité et Blandine de son esprit d'arrogance et de
taquinerie, les choses se trouvent précisément en l'état où elles
doivent être entre cousin et cousine. La vie est un combat, c'est

entendu; or les combats ont du bon, en ce qu'ils empêchent
l'âme de s'engourdir et de se détendre; mais encore faut-il que
les adversaires luttent à armes courtoises. Or la taquinerie et le
dénigrement ne sont pas des armes courtoises.

Qu'on se le dise!

LA VIEILLESSE DE JEAN SAGET

I

Il y avait au village de la Grand'Peine deux usages bien sin-
guliers : 1° celui de donner des noms ronflants et romanesques
à tout petit Grand'Peinois et à toute petite Grand'Peinoise qui
faisait son entrée en ce monde; 2° celui d'envoyer par les che-
mins tous les vieux bergers hors de service.

M. le curé de la Grand'Peine, homme instruit, bon et juste,
protestait contre le premier de ces usages au nom du goût, et
contre le second au nom de la charité; mais, à protester, il
perdait sa peine, ayant affaire d'une part à Mme Magistron, et
de l'autre à l'avarice campagnarde.

L'avarice campagnarde, on la connaît, je n'ai rien à en dire.
Quant à Mme Magistron, c'était une vieille, vieille mercière à
lunettes, qui se piquait de littérature. Quarante ans en çà,
Mme Magistron, femme d'un petit employé, pour ajouter quelques sous aux ressources du ménage, tenait, à la ville voisine,
une pauvre petite boutique de mercerie. Comme la concurrence
était grande, Mme Magistron avait peu de clients et, partant,
beaucoup de loisirs, qu'elle employait à dévorer les romans en
vogue. Après la mort de feu Magistron, la concurrence étant
toujours grande et la clientèle petite, la jeune veuve vint s'établir au village de la Grand'Peine, apportant avec elle tous ses

biens terrestres, c'est à savoir : un chétif mobilier, quelques
boîtes où il y avait de la mercerie, quelques bocaux contenant
du sucre d'orge opaque, des pralines défraîchies et des billes à
bon marché ; et enfin, une douzaine de romans.

C'est de sa petite collection de romans qu'elle tirait des noms
étranges à l'usage des nouveau-nés de la Grand'Peine. Les
Grand'Peinois se jetaient sur ces noms-là avec avidité, parce
que Mme Magistron les déclarait distingués, parce qu'il n'en
coûtait pas un liard de plus pour appeler son garçon Alcindor,
au lieu de Jean, ou sa fille Floresca, au lieu de Françoise.

Le fermier Maufleurant avait une petite fille et un vieux
berger. La petite fille, la malheureuse! s'appelait Floresca, et
le vieux berger s'appelait Jean Saget. Si Saget s'appelait tout
platement Jean, c'est qu'il était venu au monde et avait reçu le
baptême avant l'apparition au village de Mme Magistron et de
ses romans. Comme Jean Saget, pendant toute sa vie, avait fait
des prodiges d'économie, il avait un petit magot, un tout petit
magot, car le fermier ne le payait pas bien cher. Mais, si petit
que fût le magot, Jean Saget était sûr de ne pas tendre la main
aux passants. Il trouverait une petite place à l'asile des vieillards. A vrai dire, l'asile en perspective ne souriait guère à
Jean Saget. Sans doute il aurait un toit pour abriter sa tête, un
lit pour dormir et une nourriture convenable, et c'était bien
quelque chose. Mais il perdrait la liberté des champs, l'air pur
des grandes plaines, la vue du ciel sans limites, l'odeur fami-
lière des pousses, au printemps, de la terre labourée, en automne. Il était sûr de regretter ses chiens, ses moutons. Mais
quoi! sommes-nous au monde pour faire nos quatre volontés?
Oh Dieu, non! Jean Saget le savait bien ; aussi il se résignait par
avance au sort que lui réservait l'avenir, bien décidé d'ailleurs à
ne s'emprisonner qu'à la dernière extrémité, c'est-à-dire quand
il ne pourrait plus mettre un pied devant l'autre.

II

Floresca, toute petite, avait fait de Jean Saget son camarade;
c'est si agréable d'avoir un camarade qui cède toujours, et toujours de bonne grâce.

A l'époque où elle marchait à peine, elle disait à Jean Saget :
« Emporte-moi ! » et Jean Saget l'emportait. Plus tard :
« Emmène-moi ! » et Jean Saget l'emmenait. « Dis-moi les
histoires ! » et Jean Saget disait ses histoires, qui avaient le
charme de la vérité et du naturel. Il n'inventait pas, il disait ce
qu'il avait vu : les manières des bêtes et des oiseaux, l'histoire
du mouton qui ne voulait pas suivre les autres; celle du loup
qui avait tant, tant mangé, qu'il s'était laissé tuer sans pouvoir
ni fuir, ni se défendre; les ruses du renard, et les aventures du
Jo (du coq).

Quand elle était lasse d'entendre des histoires, Floresca disait :
« Amuse-moi ! » et Jean Saget lui fabriquait des sifflets avec
des branches de saule, à l'époque où la sève monte, des petits
paniers avec des joncs marins, des petits moulins à palettes que
le ruisseau faisait tourner, il fallait voir!

Comme tous les petits enfants, Floresca faisait ce qu'elle
voyait faire et disait ce qu'elle entendait dire. Aussi, persuadée
que le berger était à ses ordres, elle ne se gênait pas avec lui, le
rudoyait à l'occasion et, dans tous les cas, ne lui savait gré de
rien et ne lui témoignait aucune reconnaissance. A recevoir
toujours, toujours, sans jamais rien donner, on s'habitue à l'in-
gratitude et à l'égoïsme.

A donner toujours, toujours, sans jamais rien recevoir, on se
fait une habitude de l'abnégation et comme une nécessité du sacri-
fice; et puis on s'attache aux gens en proportion de ce que l'on
a fait pour eux : c'est dans l'ordre. Pour toutes ces raisons, Flo-

resca s'amusait de Saget, et Saget aimait Floresca de tout son cœur.

Par raison d'économie, Jean Saget avait pris l'habitude, tout jeune, de raccommoder lui-même ses pauvres nippes.

« Saget, qu'est-ce que tu fais donc là? » lui demanda la petite fille un beau matin.

Saget, assis sur un banc, à la porte de la bergerie où il couchait avec ses bêtes, le dos tourné à la lumière, essayait d'enfiler une aiguille.

« J'enfile mon aiguille », répondit Saget, sans tourner la tête. Il faisait de si drôles de grimaces, qu'une vieille mère brebis le regardait dans le blanc des yeux, tout intriguée. Elle avait l'air de se dire : « Qu'est-ce qu'il a donc aujourd'hui, notre ami Saget? »

« Tu y mets le temps! » reprit Floresca.

Eh oui! il y mettait le temps, car ses yeux n'étaient plus guère bons et ses mains tremblaient.

Floresca s'approcha et commença par rire de tout son cœur. Jean Saget ne s'en formalisa point, au contraire. Et peut-être que, s'il s'en était formalisé, ce qui arriva ce jour-là ne fût pas arrivé.

III

Après avoir ri de Saget, Floresca s'approcha davantage et lui posa familièrement la main sur l'épaule. En voyant de plus près trembler les pauvres vieilles mains hâlées et ridées qui avaient tant fait pour son plaisir à elle depuis qu'elle était au monde, quelque chose tressaillit en elle, quelque chose d'obscur et d'indéfinissable : c'était le premier éveil de la pitié féminine.

« Donne-moi ton aiguille et ton fil, dit-elle d'un ton bref.

— Pour quoi faire? demanda naïvement Saget.

Saget, assis sur un banc, essayait d'enfiler une aiguille.

— Pour te l'enfiler donc !

— Pas possible !

— Tu vas voir....

— Oh ! oh ! »

Jean Saget, instruit par une longue expérience, s'attendait, bien sûr, à une attrape. Il fut attrapé en effet, mais, comme qui dirait, en sens inverse. Car Floresca, après avoir enfilé l'aiguille, la lui rendit sans retirer sa main au moment où il allongeait la sienne, et sans le piquer, histoire de rire. Lui en avait-elle fait de ces niches-là !

Il était content, Jean Saget, mais il ne sut pas le dire. Malgré cela, Floresca, qui le connaissait bien, s'aperçut qu'il était content. Cela lui fit quelque chose, à cette petite. C'était une sensation nouvelle et pas déplaisante du tout, d'avoir enfin rendu une fois après avoir tant et tant reçu.

« Pousse-toi, dit-elle au bonhomme, et fais-moi de la place sur ton banc ! »

Il se « poussa », sans faire l'ombre d'une observation, et Floresca s'assit à sa gauche.

« Qu'est-ce qu'elle a, ta capote ? lui demanda-t-elle en attirant sur ses genoux la vieille capote que l'autre tenait étalée sur les siens.

— Un accroc ; attends, je....

— Passe-moi l'aiguille », dit Floresca, qui avait de bons yeux et qui avait découvert l'accroc du premier coup.

Jean Saget lui passa l'aiguille avec obéissance. Et voilà Floresca qui recoud l'accroc, et voilà Jean Saget qui se met à rire. C'était si extraordinaire ce qu'elle faisait là, cette petite ! Comment ! quelqu'un qui s'occupait de lui ! On ne l'avait pas habitué à cela, oh non !

Voulez-vous mon opinion sur le travail de Floresca ? Eh bien, c'était ce que sa mère aurait appelé du « bousillage » ; mais cela tenait ferme, et c'était l'essentiel. Un tailleur aurait fait mieux : mais dans l'œuvre du tailleur il aurait manqué quelque chose qui était dans ce bousillage, quelque chose que Jean Saget avait l'air d'y voir, ou tout au moins d'y chercher, une pensée d'affection, de sympathie. Jean Saget ne riait plus. Il avait croisé ses deux vieilles mains ridées l'une sur l'autre, au repos, et il faisait une drôle de figure.

« Allons, ne prends pas cet air nigaud ! » lui dit Floresca, qui n'était pas sentimentale.

Avez-vous remarqué comme on a l'air nigaud quand on est touché, que l'on a une vague envie de pleurer d'attendrissement, et que l'on fait tout ce qu'on peut pour s'en empêcher. C'était précisément cet air-là qu'avait Jean Saget en regardant des yeux du corps le bousillage et des yeux de l'âme ce quelque chose qu'un tailleur n'y aurait certes pas mis et qu'il y voyait, lui, quoique sa vue fût naturellement mauvaise et accidentellement brouillée par une espèce de vieille petite larme toute honteuse.

IV

« Ce n'est pas tous les jours fête », comme dit le proverbe ; et, par suite d'une vieille habitude prise dès l'enfance, Floresca continua à s'amuser de Jean Saget ; mais elle commença à l'aimer aussi. En voulez-vous une preuve ? Quand elle commença à être assez grande pour réfléchir sur la vie de ce monde, elle commença aussi à s'inquiéter de ce que Jean Saget pensait de l'asile des vieillards. Il lui dit ce qu'il en pensait, et elle déposa cela dans un coin de sa mémoire.

Elle l'y retrouva fort à propos, un jour que le gars Bridet, qui s'appelait Alcindor de son petit nom, assis à table à côté d'elle, en qualité d'épouseur accepté, lui demandait ce qu'il pourrait bien faire pour lui être agréable.

« Votre bergerie est grande ? dit la fiancée.

— Elle n'est pas petite, répondit le fiancé en se rengorgeant.

— Votre cuisine est grande aussi ?

— C'est la plus grande de l'endroit.

— Je vous demande un grabat dans votre bergerie, une chaise et une écuelle dans votre cuisine, pour notre pauvre Saget; vous savez que c'est mon ami.

— Il serait mieux à l'asile que dans une bergerie, objecta le vieux père Bridet, qui, quoique riche, ou parce que riche, était un peu *regardant*.

— Non, dit la fiancée, il aime sa liberté, le pauvre vieux, plus que son bien-être; il serait heureux de vivre jusqu'au bout au grand air, parmi les bêtes et les gens de la campagne.

— Il aura son grabat, sa chaise et son écuelle, dit résolument Bridet fils, qui était un brave garçon, quoiqu'il s'appelât Alcindor et qu'il en tirât vanité, le malheureux !

— Et puis, reprit la fiancée, quoique vieux et cassé, il est de bon conseil.

— Ça, c'est vrai, dit Alcindor.

— Et puis, ajouta Bridet père, il a un petit magot et il pourrait bien desserrer quelque petite chose pour le pain qu'il mangera. Songez donc, un homme qui sera logé pour rien !

— On ne demande point d'argent aux amis que l'on reçoit chez soi, répondit Alcindor; et tout le monde sait que les pauvres vieux ont besoin de petites douceurs. Il se les donnera avec son magot. »

Le regard de sa fiancée le remercia, et le cœur de sa fiancée tira de cette réponse de brave homme un heureux présage pour l'avenir.

Bridet père avala un grand trait de vin sans rien ajouter : Bridet fils était indépendant par le fait d'avoir hérité de feu son oncle Serpentier : Serpentier le « marchand de cochons », comme on l'appelait à la Grand'Peine. A vrai dire, feu Serpentier n'avait jamais livré le moindre cochon au coutelas du charcutier, et son pécule n'était point le prix du sang. A la Grand'Peine on l'appelait « marchand de cochons » parce qu'il était riche; à la ville on l'eût appelé Crésus. C'est une simple question de philologie.

Mais, après tout, le métier de marchand de cochons en vaut

bien un autre, et quand même la fortune de l'oncle Serpentier
y eût pris sa source, elle n'en eût pas moins été la fortune d'un
brave homme, transmise à un brave garçon qui ne voulut point
laisser le vieux Saget finir ses jours entre les quatre murs d'un
asile.

CANNETRUCHE

I

J'ai connu dans ma vie des canards qui étaient très bons enfants et avec lesquels il était facile de s'entendre. Celui-là qui s'appelait Cannetruche m'a toujours inspiré le plus profond mépris, parce qu'il était égoïste et gourmand : égoïste au point de refuser une miette de son superflu à un moineau mourant de faim, par une triste journée d'hiver; gourmand au point de ne plus pouvoir respirer, tant il dévorait gloutonnement le contenu de son écuelle.

Un jour un petit moineau, bien jeune et bien naïf, s'était abattu, sans défiance, auprès de l'écuelle de Cannetruche. Il avait avisé quelques miettes de pain et pensait que ce serait bien son affaire. A la rigueur, le vieux canard aurait pu lui dire : « Va-t'en d'ici! ce pain est à moi, je ne veux pas qu'on y touche! » Le moineau aurait compris; il se le serait tenu pour dit, et tout ce qui arriva depuis ne serait pas arrivé. « Mais, comme dirait quelque moineau fataliste, c'était écrit! »

Cahin-caha, en affectant la mine d'un bonhomme qui ne songe pas à mal, le vieil hypocrite de canard s'approcha du moineau. Je crois même qu'il lui adressa quelques paroles bienveillantes, pour mieux l'attraper. Quand il fut à portée, il allongea brusquement le cou, et donna un grandissime coup de bec

9

au pauvre petit. C'est à la tête qu'il visait, mais il n'atteignit
que la cuisse. L'oiseau blessé prit son vol et alla conter l'aventure à ses parents et à ses amis.

Vous connaissez les moineaux; vous savez comme ils sont
pétulants, bruyants et irascibles.

Toute la tribu fut en rumeur; les anciens eux-mêmes, malgré
leur âge et leur sagesse, déclarèrent, en secouant la tête, que
cela criait vengeance! Malgré tous les soins que l'on prodigua
au jeune blessé, il traîna toujours la patte, ce qui lui donna
mauvaise grâce et lui fit manquer plusieurs mariages avanta-
geux. Sa mère en perdait le boire et le manger; aussi prêcha-
t-elle ardemment la guerre sainte contre l'horrible palmipède,
l'auteur de tout le mal. Comme les dames ont quelquefois beaucoup d'imagination, elle prétendit que si le canard s'en était
pris à son fils, c'est qu'il avait mis dans sa tête de manger du
moineau. Cannetruche était si effroyablement goulu qu'on pouvait le croire capable de tout.

Cette accusation de cannibalisme produisit un grand effet.
Les moineaux sont étourdis et oublieux; ils ont à la fois tant de
choses en tête, qu'il leur arrive rarement de vivre tout un jour
sur la même idée. Mais cette fois le forfait était si noir, et l'accusation de cannibalisme si atroce, que la tribu tout entière,
comme un seul moineau, n'eut plus qu'une idée en tête pendant
des jours, des semaines et des mois : tirer du coupable une vengeance éclatante.

II

Pour harceler leur ennemi, les drôles se partagèrent la besogne. Pendant que ceux qui n'étaient pas de semaine vaquaient
tranquillement à leurs occupations ordinaires, couraient les
champs, pillaient les vergers, poursuivaient les vers et les
insectes, ou bien s'amusaient à se rouler dans la poussière du

Cannetruche s'élançait à la rescousse. (Voir p. 135.)

chemin, les autres, comme des sentinelles vigilantes, surveil-
laient les moindres mouvements de Cannetruche, et le tenaient
dans des transes perpétuelles.

Quand on lui apportait son écuelle, toute pleine de débris
venus de la salle à manger et de la cuisine, les moineaux fon-
daient sur l'écuelle, dispersant les débris, pour le seul plaisir
de les disperser, car il y avait là des choses qui leur inspiraient
un profond dégoût. Cannetruche s'élançait à la rescousse, le
bec ouvert, les yeux étincelants de colère. Mais l'ennemi opérait
une diversion sur son arrière-garde et la houspillait d'importance. Il se retournait tout d'une pièce, comme font les croco-
diles, mais l'ennemi s'envolait avec des cris moqueurs, pour
recommencer la minute d'après. Cannetruche finissait bien par
rattraper quelques miettes de son festin, mais en quel état !
Comme il les engloutissait précipitamment pour les soustraire
aux déprédations de ses ennemis, il avait des digestions péni-
bles, et aucun morceau ne lui profitait plus. Mettait-il la tête
sous son aile pour prendre un peu de repos, les moineaux, qui
guettaient le moment psychologique, exécutaient une bruyante
sarabande autour de lui. Il se réveillait alors en sursaut, le
cœur tout tremblant, le front couvert de sueur.

Après plusieurs mois de ce régime, Cannetruche n'était plus
que l'ombre de lui-même ; et un matin, à l'heure où les premiers rayons du soleil commencent à faire étinceler les gouttes
de rosée sur les feuilles et sur les herbes, Cannetruche mourut
brusquement d'une révolution de bile.

Je suis loin d'approuver ses ennemis de s'être montrés si
vindicatifs et si durs ; mais, après tout, les moineaux ne sont que
des moineaux, et ne peuvent avoir les mêmes idées que nous
sur la charité et le pardon des injures. Quant à Cannetruche, sa
mort tragique et misérable m'impose le devoir de n'être pas
trop sévère avec lui, et de supprimer quelques réflexions déso-
bligeantes qui me viennent tout naturellement au bout de la
plume. Je me contenterai donc de cette simple observation :
« En ce bas monde, on est toujours puni par où l'on a péché.
C'est aussi vrai pour les hommes que pour les canards. »

TROIS SUR TROIS CENTS

I

Comme la propriété des Trembles est à une bonne lieue de
la station la plus voisine, M. de Bléré fit atteler une victoria
pour aller à la rencontre de son vieux camarade Chauffour, qui
devait arriver par le train de 10 heures 30. Un domestique
était parti en avant avec le petit fourgon, pour faire quelques
commissions en ville, et pour ramener les bagages du vieux
camarade Chauffour.

M. de Bléré conduisit lui-même, pour n'être point importuné
de la présence d'un domestique au moment des confidences.
Car les deux anciens camarades avaient beaucoup de choses à
se dire, ne s'étant pas rencontrés depuis dix ans.

Quand les petits oiseaux virent M. de Bléré traverser ses prés,
ses bois, ses vallons et ses coteaux, ils se dirent entre eux :
« Ah! voilà notre ami qui se promène! » Ils pouvaient bien, en
effet, l'appeler leur ami, car M. de Bléré, en brave homme qu'il
était, et aussi en agriculteur avisé, avait donné pour consigne
à ses gardes, à ses journaliers, à ses fermiers et aux petits garçons de ses fermiers, de respecter la vie des petits oiseaux.

Lorsque, au retour, M. de Bléré ramena son camarade Chauffour, les petits oiseaux se crièrent d'une branche à l'autre :
« Ah! voilà notre ami qui amène un de ses amis! » Et en

eux-mêmes ils ajoutaient : « Les amis de nos amis sont nos amis ! »

Pauvres petits ! fiez-vous donc aux proverbes, et surtout fiez-vous donc aux apparences !

M. Chauffour n'avait point l'air d'un proscripteur. Ses bonnes grosses joues, rondes, rebondies et soigneusement rasées, ressemblaient à celles d'un gros bébé bien portant ; un sourire bienveillant errait continuellement sur ses lèvres épaisses, et son double menton avait quelque chose de conciliant et de débonnaire. Quant à ses yeux, ils étaient aussi débonnaires et aussi conciliants que son menton. Sous son léger pardessus, couleur mastic, battait le cœur le plus franc, le plus loyal et le plus rempli de tendresse pour les petits oiseaux, qui ait jamais battu sous un pardessus mastic.

Et malgré tout cela, l'arrivée du camarade Chauffour aux Trembles ouvrit l'ère des révolutions dans les républiques des petits oiseaux, et quelques paroles sorties de ses lèvres souriantes furent le signal de la proscription.

II

Voici, mot pour mot, l'enchaînement des causes et des effets.

Le vieil ami Chauffour était un agronome distingué : la preuve, c'est que la Société des agriculteurs de France l'avait élu pour l'un de ses vice-présidents. Tout en repassant, avec son ami Bléré, les souvenirs de leur vieille camaraderie, il promenait tout autour de lui ses regards d'agronome, inspectant à vol d'oiseau les domaines et les cultures de la terre des Trembles ; quand il voyait lieu d'approuver, il approuvait gentiment ; quand il voyait matière à critiquer, il gardait ses critiques pour plus tard, ne voulant point troubler les premières effusions de l'amitié.

Comme la victoria longeait une sorte de dune stérile, l'agronome, en lui, l'emporta sur l'ami. Selon les principes du vieux camarade Chauffour, toute parcelle de terrain doit produire quelque chose : celle-là ne produisait rien du tout, donc l'ami Bléré péchait contre les principes de la science, donc l'ami Bléré n'était qu'un agriculteur pour rire, donc l'ami Bléré avait besoin d'une leçon.

« Qu'est-ce que c'est que ça? demanda-t-il en désignant de la main la dune improductive.

— Ça, répondit M. de Bléré, c'est une dune.

— Qu'est-ce que ça produit, bon an mal an?

— Rien du tout.

— C'est contre les règles ; ça doit produire, en vertu de l'axiome : « Toute parcelle doit rapporter ». Je ne suis pas un agronome avare de l'école du vieux Caton, qui vendait l'esclave usé, le bœuf hors de service, et jusqu'au vieux clou rouillé, et quand je dis que toute terre doit produire, j'entends qu'elle doit produire, pour l'honneur de l'agriculture, encore plus que pour le profit de l'agriculteur.

III

— Soit, répondit l'autre en riant. J'admets que toute terre doit produire ; mais nous avons là du sable, et non pas de la terre. »

Le vieux camarade Chauffour, par un geste d'indignation comique, croisa ses bras sur sa poitrine couleur de mastic, et hocha la tête à plusieurs reprises.

« Le sable produit, dit-il enfin d'un ton de professeur; si tu ignores cette vérité, j'ai l'honneur de te l'apprendre. Plante-moi là un millier de pins maritimes, et dans quelques années tu m'en diras des nouvelles.

— Oui ; mais, objecta le propriétaire en riant, tu ignores que, par-dessus cette colline pelée, nous avons, des fenêtres du château, une des plus belles vues du département. Pour rien au monde, ma femme ne me permettrait de tendre un rideau entre ses fenêtres et cette vue-là ; tu verras toi-même....

— Question de sentiment ! dit gravement le vieux camarade Chauffour. Je n'entends rien à ces questions-là, et je renonce au bois de pins. Mais je ne me tiens pas pour battu. Laisse-moi chercher.... Ce coin improductif taquine ma conscience d'agronome.

— Que ta conscience d'agronome rentre donc dans son repos, répliqua l'autre agronome. J'ai répondu trop vite, tout à l'heure, en déclarant que ma lande ne produit rien ; elle produit quantité de thym, de serpolet et de marjolaine. Ces plantes attirent des lapins, que je.... »

Il acheva sa phrase en faisant la pantomime d'épauler un fusil et de viser. « Pan ! » ajouta-t-il aussitôt pour faire comprendre qu'il était grand tueur de lapins.

IV

Le vieux camarade Chauffour se tourna tout d'une pièce sur le siège pour se trouver en face de son ami et pour le regarder dans les yeux ; après quoi il dit avec un sérieux parfaitement joué :

« Écoute, Bléré, tu oublies que tu t'adresses pour le moment au vice-président de la Société des agriculteurs de France. Tu te crois toujours à la pension Massin. Dans ce temps-là il t'est arrivé plus d'une fois de me jeter par terre avec mes matelas, car tu ne dormais guère la nuit et tu te rattrapais en étude et en classe ; tu as pu berner dans ses couvertures un futur vice-président, ou lui donner toutes les sensations du mal de mer, en te fourrant sournoisement sous son lit et en soulevant le cadre à petits coups. Tout cela, je te l'ai pardonné et je te le repardonne, parce que tu ne savais pas ce que tu faisais. Mais maintenant, misérable, tu le sais ; comment veux-tu que je te pardonne? Quoi, un vice-président te parle agriculture, et tu viens lui répondre chasse !

— Je ne le ferai plus, dit l'agronome pour rire, avec beaucoup de componction.

— J'aime à te voir dans ces dispositions, reprit le vieux camarade Chauffour, et pour te prouver que je ne te garde pas rancune, je vais te donner un bon conseil : le thym, le serpolet, la marjolaine : excellente, excellentissime pâture pour les abeilles.

— Mais je n'ai point d'abeilles.

— Il faut en avoir.

— J'en aurai donc ! »

Le vieux camarade Chauffour reprit :

« Je suis ton homme, car je me suis fort adonné à l'apiculture ces dernières années. J'ai même inventé une ruche qui met désormais les abeilles à l'abri des invasions nocturnes des crapauds. Je t'avouerai de plus que j'ai une de ces ruches perfectionnées dans mes bagages. Elle servira de type ; avec ce modèle et avec mes instructions, bien entendu, le premier vannier de village te confectionnera tout un rucher ; tu verras ! tu verras ! »

Vingt minutes plus tard le fourgon aux bagages passa à son tour. Et les petits oiseaux, dans l'innocence de leur cœur et dans leur ignorance de l'avenir, se dirent gaiement de branche à branche :

« Voilà l'ami François qui passe. »

Oui, l'ami François passait, et derrière lui passaient aussi les bagages de M. le vice-président. Ceux qui contenaient la parure de son corps étaient modestes et de peu de volume, mais ceux qui faisaient la joie de son âme et l'orgueil de son cœur d'agronome étaient un peu plus encombrants. Ils consistaient en un grand coffre tout plein d'échantillons de graines, plus une machine nouvelle pour couper les betteraves, plus la célèbre ruche destinée à défendre les abeilles contre les entreprises des crapauds.

Les petits oiseaux virent tout cela avec la plus parfaite indifférence, même la ruche ; et la ruche pourtant recélait dans ses flancs plus de malheurs pour les petits oiseaux que n'en recéla jamais pour les hommes la fameuse boîte de Pandore.

V

Deux mois se sont écoulés ; le vannier de village a fait des miracles ; vingt ruches se dressent sur le rucher ; les vingt ruches sont habitées par des abeilles diligentes. Les braves petites ouvrières se répandent par les jardins, par les prés, par les landes.

« Quelle aubaine ! » s'écrièrent les petits oiseaux, et surtout les mésanges, qui aiment les abeilles par-dessus tout autre mets ; et les mésanges commencèrent à faire bombance d'abeilles.

Bientôt on ne se contenta plus des abeilles que l'on attrapait au vol, ou que l'on picorait sur les fleurs, on remonta à la source d'où s'échappaient chaque jour ces doux trésors ; et les mésanges, d'un cœur reconnaissant, offrirent des actions de grâces à leur ami Bléré, pour l'attention délicate qu'il avait eue de créer de véritables parcs d'abeilles où l'on n'avait qu'à prendre.

Hélas ! en donnant tête baissée dans l'apiculture, l'ami Bléré avait pris un cœur d'apiculteur, je veux dire un cœur cuirassé d'un triple airain, un cœur plein de fiel et de haine contre tout être vivant capable de nuire à ses abeilles.

L'ami Bléré donna des ordres sévères, et l'ami François les exécuta sévèrement. L'ami François tendit des pièges à mésanges dans les environs des ruches. Dans de petites mécaniques très ingénieusement disposées il étala des vers de terre et des vers de farine, et les mésanges, gorgées d'abeilles, par amour du changement, s'en venaient, sans défiance, taquiner les vers de

farine et les vers de terre. La petite mécanique se détendait sournoisement, et la mésange imprudente, étranglée sans bruit,
disparaissait de sa tribu, sans que nul, tout d'abord, pût assi-
gner une raison plausible à sa disparition.

La première qui fut prise, mésange d'un caractère atrabilaire,
s'était querellée le matin même avec toute sa famille. Les siens,
ne la voyant pas revenir au logis, s'imaginèrent qu'elle boudait
dans quelque coin, comme d'habitude, et ne s'inquiétèrent pas
davantage de son sort. La seconde n'avait plus de famille, et sa
disparition passa inaperçue. Peu à peu, cependant, comme les
disparitions devenaient de plus en plus fréquentes, l'attention
des mésanges s'éveilla, et des bruits sinistres commencèrent à
courir. Il fut bientôt de notoriété publique que l'ami François
était devenu l'ennemi François. Des témoins dignes de foi
l'avaient vu, à plusieurs reprises, emporter du rucher au château les cadavres de diverses mésanges, mystérieusement assassinées. Qui les avait assassinées? Lui, sûrement.

Et pourquoi les avait-il assassinées?

On chercha.

VI

On espéra quelque temps que l'ami Bléré, quand il aurait
connaissance des horribles méfaits de l'ennemi François, inter-
viendrait en faveur des mésanges et châtierait le criminel.

Mais il fallut bientôt abandonner cet espoir. L'ami Bléré aussi
avait tourné casaque. On l'avait vu compter, d'un air de satisfaction, les victimes que François lui apportait; on l'avait vu
tirer de sa poche des petites pièces de monnaie, et en donner à
François, autant qu'il y avait de têtes de proscrites : le prix
du sang!

On s'aperçut aussi que les gardes avaient reçu une autre
consigne. Ce n'était plus seulement sur les oiseaux de proie et

sur les bêtes puantes qu'ils tiraient des coups de fusil, mais encore sur les mésanges; oui, mesdames et messieurs, sur les mésanges!

Un beau jour, la fusillade cessa, faute de victimes à fusiller.

« Il n'en vient plus une seule auprès des ruches », dit François à son maître.

Et le même jour, au rapport, les gardes déclarèrent à monsieur que l'on n'en voyait plus une seule dans les bois ni dans les haies.

M. de Bléré, qui était un homme d'ordre, avait inscrit au fur et à mesure les victimes qu'on lui apportait; il fit, ce jour-là, le recensement sur son carnet. Le nombre des têtes de proscrites montait à 297.

Trois mésanges seulement avaient échappé, comme par miracle, aux ressorts des pièges et au plomb des fusils.

Cela vous aurait tiré les larmes des yeux de les voir comme je les ai vues, perchées côte à côte, dans un lieu solitaire et sauvage, loin des pièges et des fusils, loin même des domaines de M. de Bléré, tenant conseil entre elles, et se demandant vers quelle nouvelle patrie elles allaient émigrer.

Le malheur seul, d'ailleurs, les avait rassemblées en ce coin solitaire, car elles faisaient partie de trois familles différentes, l'une était un vieux veuf inconsolable, et les deux autres, deux orphelines.

VII

Quand un grand malheur s'est abattu sur un peuple, les survivants trouvent une mélancolique satisfaction à en rechercher les causes pour les discuter et les maudire. Cela ne répare rien, mais, encore une fois, c'est une satisfaction que peu de gens se refusent.

Les deux orphelines, qui avaient de l'imagination, déclarèrent

Trois mésanges seulement avaient échappé.

ou que Bléré, François et les gardes étaient subitement devenus
fous furieux, ou qu'ils étaient les instruments aveugles du Destin
qui avait résolu, par jalousie peut-être, de détruire la noble race
des mésanges. De tout temps il y a eu des races tragiques sur
lesquelles le Destin s'est acharné avec une fureur impitoyable.

Le vieux veuf inconsolable, dans la cervelle de qui l'expérience
avait agrandi la part du bon sens, en réduisant celle de l'imagination, secoua la tête à plusieurs reprises et prononça les
paroles suivantes :

« Peut-être, après tout, cet homme nous a-t-il si fort mal-
traités, uniquement parce que nous lui mangions ses abeilles! »

Ce vieux patriarche, à l'aide seulement de ses lumières naturelles, et sans jamais avoir ouvert un code, avait deviné que si
les essaims errants sont de bonne prise et appartiennent au
premier occupant, homme ou mésange, les essaims domiciliés
sont la propriété exclusive de celui qui leur a constitué un domicile. Et chacun défend sa propriété comme il peut.

Si les deux orphelines s'abstinrent de le contredire, c'est
uniquement par respect pour son âge; car, au fond, elles trou-
vaient son explication bien plate et bien vulgaire; et puis, elles
aimaient mieux se croire victimes d'une fatalité tragique, que
coupables d'un vulgaire larcin.

VIII

Cependant les minutes s'écoulaient, et les trois mésanges
n'avaient encore rien décidé. Une abeille vint à passer, qui rentrait tout droit aux Trembles, chargée de sa récolte du jour; au
même instant un duvet de chardon la croisa, emporté par la
brise, dans la direction opposée.

« Suivons ce signe que les dieux nous envoient, dit le vieux
veuf.

— Suivons-le », répétèrent les deux orphelines.

C'est ainsi que les trois derniers représentants d'une tribu éteinte transportèrent leurs pénates vaincus dans les bois de Fausses-Reposes, à deux portées de fusil de la bonne ville de Versailles. Les pauvres petites bêtes y ont trouvé la paix, et y ont fondé de nouvelles familles. Les fins connaisseurs prétendent les reconnaître, même sans les voir, à un je ne sais quoi, quelque chose, disent-ils, de doux et de mélancolique, que n'offre pas le chant des autres mésanges.

LA GREVE DES CHERCHEURS DE TRUFFES

I

Il y a des gens qui aiment les truffes et d'autres qui ne les aiment pas : c'est affaire de goût. Ce qu'il y a de sûr, c'est que les amateurs de truffes sont en assez grand nombre pour que la truffe se vende fort cher. Alléchés par le bénéfice, les gens s'en vont cherchant la truffe avec autant d'ardeur que les *alchimistes* d'autrefois en mettaient à chercher la *pierre à faire de l'or*.

Mais, plus heureux que les vieux alchimistes, qui n'ont jamais découvert la pierre à faire de l'or, les chercheurs de truffes trouvent des truffes, dans les pays où il y en a, bien entendu.

Comme la truffe est cachée sous terre, et que rien à la surface du sol ne révèle sa présence, l'homme, pour la découvrir, en serait réduit à creuser la terre au hasard ; il perdrait les trois quarts et demi de son temps à fouir ; et, comme on dit, le jeu n'en vaudrait pas la chandelle.

Pour s'épargner tant de peine inutile, l'homme s'adjoint un auxiliaire très malin, le cochon. Le cochon adore les truffes, et il a l'odorat assez subtil pour en sentir le parfum à travers plusieurs couches de terre. Quand il a trouvé un bon endroit, il s'arrête, flaire, souffle et se met à labourer la terre avec son groin, rejetant les mottes et les cailloux à droite et à gauche, avec beaucoup d'adresse. Quand le sillon est assez creux et que la truffe est proche, le cochon pousse un petit grognement d'allégresse et demeure quelques secondes en extase.

C'est le moment où l'homme intervient. A l'aide de quelque victuaille qu'il lui jette, il détourne l'attention du fouilleur ; si le fouilleur s'obstine, l'homme lui administre un petit coup de bâton sur le groin, pour le prémunir contre sa propre gourmandise. Le fouilleur comprend ce que parler veut dire et s'en va chercher ailleurs. Pendant ce temps-là l'homme achève de déblayer la terre, met les truffes à découvert, et serre la récolte dans sa gibecière.

Depuis que le monde est monde et que la truffe est truffe, les choses se sont toujours passées ainsi, et les cochons, avec beaucoup de bon sens, se sont trouvés satisfaits de gagner honnêtement leur vie en travaillant.

II

Or, il y a quelques années, un cochon qui avait peu de cervelle, point de lecture et beaucoup d'ambition, décida, à part lui, que les choses ne pouvaient continuer sur ce pied. Quand il eut bien ruminé ses idées dans sa tête, il commença à ameuter les autres cochons, et il finit par leur persuader que l'homme ne les traitait pas selon leurs mérites. « Je ne refuse pas d'exercer ma profession, disait-il, mais à condition que l'homme se montre plus équitable. S'il aime les truffes, je les aime aussi. Part à deux, pour bien faire ; sinon, je refuse mon office. »

Et les autres de répéter, comme des perroquets : « Sinon, nous refusons notre office !

— Ce serait fort bien raisonné, objecta un vieux patriarche qui avait vu se succéder, autour de lui de nombreuses générations de chercheurs de truffes, oui, ce serait bien raisonné, si vous ne partiez d'un principe absolument faux.

— Comment cela? grogna toute l'assemblée.

— Le pourceau est-il l'égal de l'homme? répondit le vieux patriarche.

— Oui! oui! crient quelques porcelets sans cervelle. — Non! non! grognent quelques vieux sages. — Pas tout à fait, répond la majorité de l'assemblée.

— Pas tout à fait, vous l'admettez, reprit le patriarche. S'il refuse de discuter vos conditions, que ferez-vous?

— Nous nous mettrons en grève! groina la majorité.

— Vous seriez bien attrapés si l'homme vous prenait au mot, dit le patriarche avec un regard malin de ses petits yeux obliques. L'homme, qui n'est pas un sot, dresserait des chiens à faire le métier que vous faites.

— A bas les chiens! grognèrent quelques mécontents.

— A bas les chiens! c'est bien vite dit. Ce n'est pas ce qui empêcherait l'homme de dresser des chiens, vous le savez aussi bien que moi. Et alors, qu'arriverait-il? vous auriez perdu à tout jamais le métier qui vous fait vivre.

— Nous nous reposerions, cria une partie de l'assemblée.

— Nous engraisserions à rien faire, ajouta une autre partie.

— C'est là que je vous attendais, reprit le patriarche; voulez-vous répondre maintenant à une toute petite question?

— Oui! oui!

— Quand un cochon est gras, qu'est-ce qu'on en fait? Vous ne répondez pas. Je vais répondre pour vous : on en fait des jambons, des boudins, des saucisses. Consultez l'histoire universelle. Ç'a toujours été et ce sera toujours la destinée du cochon gras. Vous n'y changerez rien, quelques grognements que vous poussiez! Je savais bien la portée de mes paroles quand je disais tout à l'heure : Tenez-vous au métier qui vous fait vivre. Il vous fait vivre en effet au double sens du mot : car il vous procure une nourriture honnêtement gagnée à la sueur de votre front, et il vous empêche d'être sacrifiés en tant que cochons gras! »

III

Grognements et tumulte.

« Grognez, faites du tapage, si cela vous amuse, dit le vieux patriarche sans se troubler le moins du monde; je me contenterai de vous dire : Feuilletez l'histoire des animaux, comprenez-en la philosophie, et sortez, si vous le pouvez, du cercle suivant, où la logique vous enferme. Ah! messieurs, quelle belle chose que la logique! Mais laissons pour le moment la logique, et venons-en à mon cercle : à moins de porter l'homme à la guerre ou à la chasse, comme le cheval ; de labourer, comme le bœuf; de transporter des fardeaux, comme l'âne et le mulet ; le cochon est fatalement condamné à passer par les mains du charcutier,... à moins qu'il ne cherche un refuge dans le métier de chercheur de truffes.

— Avec part à deux! » crièrent du haut de leurs têtes quelques obstinés, qui résistaient encore, par pure gloriole.

Mais l'assemblée n'était plus de leur côté; la preuve, c'est que toutes les oreilles pendaient tristement sur toutes les joues, et toutes les queues en tire-bouchon s'étaient déroulées d'elles-mêmes sous l'empire du découragement.

Le patriarche sourit d'un sourire paternel, et dit au milieu du plus profond silence : « Eh quoi! mes frères, d'où vient cet abattement que je ne puis comprendre. Haut les cœurs! Ne sommes-nous pas, après tout, l'aristocratie de la race porcine; ne sommes-nous pas des *travailleurs*, tandis que, par le vaste univers, nos malheureux cousins ne sont que des machines à déglutir, des fabriques de saindoux! »

Les yeux brillèrent, les oreilles battirent, les queues frétillèrent, et l'assemblée se sépara aux cris de : « Vive le patriarche! vive notre père. »

La grève n'eut pas lieu.

HISTOIRE DU MARÉCHAL POURPAIL

I

C'était pendant la campagne de France, le soir, devant un feu
de bivouac. Le sergent Brisemiche, voyant que ses hommes
n'étaient pas gais, leur dit :

« Mes enfants, écoutez-moi, je m'en vas vous conter l'histoire
du sergent La Ramée.

— Nous la savons par cœur, grognèrent les soldats, qu'une
récente défaite avait rendus moroses et difficiles.

— Eh bien, reprit le sergent Brisemiche, je m'en vas vous
servir celle de Fanfan la Tulipe.

— Nous la savons par cœur, répétèrent les soldats.

— Alors, continua le sergent Brisemiche, je vois bien qu'il
faut attaquer la réserve. Que diriez-vous de l'histoire du maréchal Pourpail?

— Nous la savons par cœur! grogna une seule voix, la voix
de celui que l'on appelait le Parisien.

— Ah! tu la sais par cœur, dit le sergent Brisemiche d'un
air goguenard ; eh bien, Parisien, tu vas, s'il te plaît, nous la
raconter.

— Sergent, répliqua le Parisien sans se troubler le moins du
monde, ce n'est pas aux simples soldats à couper, comme cela,
la parole aux gradés. Et puis, tout le monde sait que je ne

conte pas les histoires aussi bien que vous. C'est pourquoi je me rencogne dans mon coin, et je vous écoute ; nous vous écoutons.

— Vous saurez, reprit le sergent Brisemiche, que Pourpail était Berrichon.

— Pardon, sergent, dit le Parisien, je m'étais laissé dire qu'il était Champenois.

— Berrichon ! s'écria le sergent d'une voix tonnante. La preuve, c'est qu'il était né natif du Berri. Je l'ai vu de mes yeux sur ses états de service. Attrape ! Il était né de parents pauvres.

— Pardon, sergent, objecta le Parisien, mais on dit, dans le pays, qu'ils étaient à leur aise.

— Ils étaient pauvres, reprit le sergent, et même misérables, car ils habitaient dans une cahute de mottes, et ils grattaient la terre pour vivre. Lui, il la grattait aussi, le pauvre diable ! Ce qui ne l'empêchait pas d'être bel homme et joli garçon.

— Il était bossu, fit observer le Parisien.

— S'il avait été bossu, répondit victorieusement le sergent, est-ce qu'on l'aurait incorporé dans les voltigeurs ? Je vous le demande à vous tous, les enfants.

— Non ! non ! crièrent « les enfants », qui justement faisaient partie d'un régiment de voltigeurs. Quelques-uns ajoutèrent : « Parisien, tais-toi, ou gare la savate ! »

II

Le Parisien se tut, et le sergent continua :

Pourpail avait un oncle. Cet oncle en mourant lui légua sa fortune, qui consistait en un flûteau de deux sous.

« J'aime toujours mieux ça que rien, dit Pourpail, je m'en amuserai les dimanches et les jours de fête. Cela vaudra mieux que d'aller au cabaret ; et cela tombe d'autant mieux que je n'ai jamais le sou pour aller au cabaret ou à la danse. »

A force de souffler dans son flûteau, il apprit à en jouer. Il savait déjà *le Roi Dagobert* et *Au clair de la lune*, lorsqu'on lui fit savoir qu'il était en âge de partir pour l'armée.

Pourpail embrassa ses père et mère et leur dit : « Sans vous commander, j'emporte le flûteau. Comme votre pauvre enfant sait bien que vous ne lui enverrez pas d'argent pour faire le jeune homme, il s'amusera avec son flûteau pendant que les camarades feront le jeune homme autrement. »

Il arrive au dépôt, on l'habille en voltigeur, on lui montre ce que doit savoir un voltigeur. Lui, sitôt qu'il avait un moment de libre, il s'en allait aux champs, et il jouait du flûteau tout son soûl, une branche de noisetier sous le bras, pour bien se faire voir qu'il était à la campagne.

Voilà qu'un beau jour on dit aux voltigeurs et à bien d'autres : « Faites vos sacs, et en route pour l'Italie. Le général Bonaparte a besoin de vous ». Pourpail ne savait pas trop ce que lui voulait le général Bonaparte, qu'il n'avait jamais vu; mais comme c'était un voltigeur bien discipliné, il fit comme les autres, sans demander ni le comment ni le pourquoi. A chaque halte il s'en allait dans les champs, et jouait du flûteau. Comme le pays avait peu à peu changé de figure, il dit à son capitaine :

« Pardon, mon capitaine, où diable sommes-nous ici?

— En Italie, mon garçon.

— Merci, mon capitaine. »

Et il continua à jouer du flûteau en Italie, comme il en avait joué en France.

Les jours où l'on se battait, il n'avait pas toujours le temps de « faire le jeune homme » à sa manière; il se rattrapait le lendemain, voilà tout.

Après chaque victoire on entrait dans une ville nouvelle, musique en tête. Or voilà qu'un beau jour le trombone d'un des régiments meurt en douze heures, à l'ambulance, pour avoir mangé trop de raisins verts. Le chef de musique perd la tête. Où trouver un trombone de rechange? Et une musique sans trombone est une musique déshonorée!

III

Il demande une audience au général en chef Bonaparte, et lui dit : « Général, ma musique est déshonorée, elle n'a plus de trombone, et je ne sais où en trouver un ».

Comme chacun sait, le général Bonaparte connaissait tous les soldats de son armée par leur nom et savait tout ce qu'ils faisaient, jour par jour et heure par heure. Il y en a même qui disent : minute par minute, mais je crois qu'ils exagèrent.

« Te voilà bien embarrassé pour peu de chose, dit-il au chef de musique. Prends Pourpail, il fera ton affaire.

— Pourpail ? Qui, Pourpail ?

— Pourpail du 47ᵉ voltigeurs, 5ᵉ bataillon, 5ᵉ compagnie. Il joue très bien du flûteau.

— Mais, général, le flûteau et le trombone, ce n'est pas la même chose.

— Absolument la même chose », lui répond le général en lui lançant un regard d'aigle.

L'autre pensa en se retirant : « Ça doit être la même chose puisque le général le dit ». Il fait chercher Pourpail, que l'on finit par trouver dans une rizière, occupé à étudier l'air : *J'ai du bon tabac dans ma tabatière*. On le mène au chef de musique, qui lui dit :

« C'est toi qui t'appelles Pourpail ?

— Oui, mon officier.

— Tu sais jouer du flûteau ?

— Oui, mon officier.

— Je te nomme trombone dans ma musique.

— Mais, mon officier, le flûteau et le trombone, ce n'est pas la même chose.

— Absolument la même chose », répondit le chef de musique,

en essayant de lui lancer un regard d'aigle, mais il avait les yeux trop saillants pour y réussir.

Le proverbe dit : « Aussitôt pris, aussitôt pendu! » Aussitôt pris, Pourpail fut attelé au trombone. Dans la première leçon, le chef lui apprit à souffler dans l'embouchure et à former des notes en poussant et en tirant la coulisse. Les leçons se suivaient de si près, que le tailleur du régiment fut obligé de prendre mesure à Pourpail pendant qu'il soufflait dans son instrument.

A la première entrée triomphale qui suivit la première victoire, il fut capable de donner quelques notes, et l'honneur du chef de musique fut sauvé.

IV

Vous vous souvenez tous de la terrible bataille de Bombonico. Tout l'entourage du général en chef avait été tué. Le général en chef, qui ne s'en était pas aperçu, regardait bien loin devant lui avec sa lunette d'approche. C'est ce qui l'empêcha de voir un grand gaillard tout habillé de blanc, un officier autrichien, qui fondait sur lui, de côté. Pourpail passait par là, cherchant à rejoindre le corps de musique, dont il avait été séparé par une grande bousculade.

Quand il s'aperçut que la vie du général en chef était en danger, il ne se connut plus, et fonça sur l'Autrichien. Le cheval, frappé d'un coup de trombone sur le nez, fit un écart; profitant de ce mouvement, Pourpail allongea dans toute sa longueur la coulisse de son trombone, et frappa à la hauteur de la troisième côte le cavalier, qui fut désarçonné et se fracassa la tête en tombant.

Comme le général en chef ne courait plus aucun danger, Pourpail se retira. tout étonné d'avoir été si brave, et tout

penaud de voir que la coulisse de son trombone était faussée ;
le chef de musique était très sévère, et quand un instrument
était faussé, c'était aux frais de l'instrumentiste qu'il le faisait
réparer.

Le soir même de la bataille, le général en chef manda le
trombone Pourpail, et lui dit :

« Tu m'as sauvé la vie, Pourpail, je veux faire quelque
chose pour toi. Parle, que désires-tu?

— Mon général, répondit Pourpail, si c'était un effet de votre
bonté,... j'ai faussé mon trombone, les frais sont à ma charge....

— Je les paye, répondit le général. Et puis?

— Et puis, mon général, c'est tout.

— Ce ne peut pas être tout, reprit le général, frappé de
sa modestie, comme il l'avait été de son sang-froid et de sa
bravoure. Trombone Pourpail, sais-tu lire et écrire?

— Oui, mon général. Monsieur le curé de chez nous....

— Très bien, caporal Pourpail.

— Moi! caporal! s'écria Pourpail.

— Tout ce qu'il y a de plus caporal, répondit le général en
chef.

— Mais alors, mon général, je ne suis plus trombone?

— Pas plus que moi. Allons, parle, je vois que tu as quelque
chose à dire.

— Mon général, reprit le caporal Pourpail, qu'est-ce que va
devenir mon chef de musique, sans trombone?

— Tu penses à tout, reprit le général, tu as un bon cœur et
une bonne tête, et tu iras loin, sergent Pourpail. Un tel, dit-il
à un de ses aides de camp, voyez donc ce chef de musique, et
dites-lui ceci : « Quand il y aura une entrée triomphale dans
« quelque ville, et quelque chose me dit qu'il y en aura beau-
« coup, qu'il habille en musicien un bel homme comme celui-ci,
« et qu'il lui mette un trombone entre les mains. Il fera semblant
« de souffler dans son instrument, et l'honneur sera sauf. »

Ici le sergent Brisemiche interrompit son récit pour faire
observer que l'on ne peut pas tout avoir, et que le général en
chef, s'il était un grand homme de guerre, n'était pas un grand
musicien. ce qui, du reste, ne l'avait pas empêché de parvenir

au grade d'empereur des Français. Après avoir fait cette observation judicieuse, pour le plus grand profit de ses subordonnés,
le sergent Brisemiche continua son récit.

V

« Y en a-t-il eu de ces batailles, en Italie et ailleurs, et
partout! A chaque bataille l'ancien trombone attrapait un grade,
c'était réglé comme le prix des petits pâtés. S'il y avait eu plus
haut que maréchal de France, le trombone Pourpail y serait
arrivé, bien sûr. Vous me direz à cela que plus haut que maréchal il y a empereur, mais ce grade-là est unique, et l'ancien
général en chef de Pourpail se l'était adjugé. Voilà l'histoire
véritable du maréchal Pourpail.

— Oui, mais, objecta le Parisien, le malheur est qu'il n'y a
jamais eu de maréchal Pourpail.

— Ça, c'est vrai, répondit tranquillement le sergent Brisemiche. Il n'y a pas eu de bataille de Bombonico non plus ; tu me
l'aurais fait remarquer tout de suite, si tu avais su ton histoire.
Mais qu'est-ce que cela fait qu'il n'y ait pas eu de maréchal Pourpail et même pas de Pourpail du tout, berrichon ou champenois?
Est-ce qu'il y a eu un sergent La Ramée? Est-ce qu'il y a eu un
Fanfan la Tulipe?

« L'histoire du maréchal Pourpail prouve deux choses : la première est que tu n'étais qu'un vantard en prétendant la connaître,
car je viens de l'inventer à mesure que je la disais, pour votre
édification à vous tous, mes amours; la seconde, c'est qu'il est
toujours bon d'avoir à sa disposition un art d'agrément. Il n'y
a rien comme un art d'agrément pour vous pousser un homme
dans le monde.... Hein? Qu'est-ce que c'est?

— Sergent! cria une voix dans l'obscurité, faites prendre
les armes à vos hommes, voilà l'ennemi! »

. . . .

Le sergent Brisemiche et la moitié de ses hommes périrent
dans l'engagement qui suivit de près. Les autres furent incor-
porés dans l'armée de la Loire, qui fut licenciée comme chacun
sait.

Les auditeurs du sergent Brisemiche rentrèrent dans leurs
foyers, du moins ce qu'il en restait. C'est ce qui explique pourquoi l'histoire du maréchal Pourpail ne se répandit pas dans
l'armée. Je la tiens d'un aubergiste d'Amboise, qui, tout petit
garçon, l'avait entendu raconter à la veillée par l'un des survivants de l'escouade du sergent Brisemiche, et je la donne telle
quelle.

SUPPORTONS-NOUS LES UNS LES AUTRES

I

Ceci se passait à l'époque où florissaient les perruques. La bonne ville d'Amsterdam nourrissait nombre de perruquiers; elle nourrissait aussi nombre de crieurs des morts. Nous n'avons à parler ici que d'un seul perruquier, qui s'appelait Kuit, et d'un seul crieur des morts, qui s'appelait Aftreksel.

C'était par une belle matinée de printemps. Kuit avait placé bien en vue les plus rares exemplaires de son art; debout sur le pas de sa porte, il mettait la dernière main à une perruque de cérémonie, en la saupoudrant, à petits coups de houpette, d'une fine poudre que l'on appelait poudre à la maréchale.

Il avait le cœur content, Kuit. Tout lui souriait : ses rivaux eux-mêmes le reconnaissaient pour un maître, pour un artiste, comme nous dirions aujourd'hui ; ses clients le payaient bien, et il avait beaucoup de clients, et puis le soleil luisait si doucement ce matin-là.

En de telles circonstances, un perruquier français aurait chanté quelques flonflons, il aurait ri tout au moins. Étant Hollandais, Kuit ne chantait point de flonflons et ne riait point; mais un fantôme de sourire hantait sa bouche et ses yeux. Il ne faut pas demander aux gens plus qu'ils ne peuvent donner, et le fantôme de sourire exprimait la joie placide et sereine dont le cœur de Kuit était rempli.

« Holà ! oh ! perruquier à tête vide, ne pourrais-tu pratiquer ton art frivole sans molester les honnêtes gens qui passent ! »

La voix de dogue qui aboyait cette apostrophe était celle d'un vilain homme, tout de noir habillé, et qui avait la figure la plus chagrine que l'on puisse imaginer.

Un léger vent d'est, qui soufflait pour le moment, avait eu la malice de saisir au passage une pincée de poudre à la maréchale et de la déposer sur le manteau de l'homme noir.

Kuit regarda l'homme noir avec stupeur, pendant que l'autre le regardait avec rage.

« Faites excuse, monsieur Aftreksel, dit Kuit avec politesse ; je n'avais pas l'intention de....

— Intention ou non, le mal est fait, grogna le crieur des morts ; me voilà tout couvert de cette ordure.

— Oh ! monsieur Aftreksel ; ordure, cela ! C'est de la fine poudre à la maréchale. Quant au mal, il n'est pas grand, et il est réparable. Un petit coup de brosse que je m'en vais vous donner....

— Je ne veux ni de tes coups de brosse, ni de tes coups de fer, ni de tes coups de rasoir.

— A votre idée, monsieur Aftreksel. »

II

Il paraît que l'idée de M. Aftreksel était de garder sa poudre, pour garder le droit d'être en colère. Et la colère l'emporta jusqu'au point de lui faire dire de gros mots, celui-ci, par exemple : « Méchant gâcheur de cheveux ! »

Quand il s'agit de leur art, les artistes sont irritables, même les artistes hollandais. Kuit s'irrita, autant qu'il en était capable, et, saisi d'une rage flegmatique, il répondit dans les termes que je vais reproduire. (Je les garantis authentiques, car ils furent recueillis par deux témoins, un vigoureux maréchal ferrant et un très honorable bourgeois.)

« Oh bien donc, monsieur le crieur des morts, puisque vous êtes si curieux d'entendre la vérité sur votre compte, c'est moi, perruquier à tête vide, qui vais vous la dire, une bonne fois pour toutes. Par votre plumage noir, vous êtes un corbeau, oiseau de mauvais présage et de langage injurieux ; quelques pincées de poudre blanche vous rendent semblable à la pie, qui porte noir et blanc, et qui est aussi un oiseau de langage injurieux et de mauvais présage. En quoi vous ai-je molesté, puisque, après comme avant, vous demeurez absolument le même et ne pouvez, par conséquent, perdre au change? Bon!

« Me suis-je jamais plaint, moi, du tort que vous me faites, toutes les fois que, la nuit, vous troublez mon sommeil par vos croassements sinistres? Non, jamais je ne me suis plaint. Et pourtant, lorsque vous criez à tue-tête, vous transformez un perruquier paisiblement endormi en un perruquier réveillé en sursaut, qui ne peut plus se rendormir, et dont la main tremble encore le matin. Et pourtant, quel autre artiste a besoin, plus que le perruquier, d'avoir la main sûre et ferme, qu'il s'agisse de raser des visages ou d'accommoder des perruques? Voilà. Et dites-moi, maintenant, beau sire, lequel de nous deux a meilleure grâce à se plaindre d'être molesté par l'autre? »

De sa vie ni de ses jours le bon Kuit n'avait fait une si longue, ni surtout une si véhémente harangue. Il en fut étonné tout le premier ; quant au crieur des morts, il demeura aussi surpris qu'un fondeur de cloches.

Quand il retrouva la parole, ce fut pour dire :

« Misérable et frivole boutiquier, quand donc penserais-tu à tes fins dernières, au milieu de tes perruques profanes, de tes poudres de perdition et de tes parfums mondains, si ma voix, dans le silence de la nuit, ne te venait semondre et avertir que tout homme est mortel, en te demandant de prier pour les trépassés. Ah! que réponds-tu à cela?

11

— Je réponds à cela, mon maître, répliqua gaillardement le bon Kuit, que ce que vous faites pour moi la nuit, moi, je le fais pour vous le jour.

— Comment cela ? grogna le crieur des morts.

— Cette pincée de fine poudre à la maréchale ne vous dit-elle pas : Poussière tu es, et tu reviendras en poussière ?

III

— Bravo ! le perruquier », dit un nouvel interlocuteur, qui jusque-là avait écouté sans rien dire.

Ce nouvel interlocuteur était un maréchal ferrant. Son grand tablier de cuir lui pendait depuis le cou jusqu'aux pieds, avec la vaste poche traditionnelle, toute gonflée d'objets mystérieux que l'on ne voyait pas. Il avait les bras nus, et, sur son épaule droite, passait une courroie fortement tendue. La courroie soutenait un gros sac de cuir qui lui ballottait dans le dos, tout rempli des outils du maréchal ferrant. Cet homme s'en allait en ville, pour ferrer à domicile quelque cheval de haute volée. Il avait écouté jusque-là, sans rien dire, mais non pas sans avoir son opinion, qu'il venait d'exprimer au bon moment.

« Écoutez, reprit-il en s'adressant à l'homme noir, ce n'est pas vous qui avez raison. Celui-ci a supporté sans rien dire l'ennui d'être réveillé au meilleur moment de son sommeil, et vous, vous vous êtes fâché pour une pauvre pincée de poudre, que vous auriez pu faire disparaître d'une seule pichenette. Il vous supportait bien ; que ne le supportiez-vous ? Voyons, en bonne foi, est-ce que la vie de ce monde serait tolérable si nous ne nous supportions pas les uns les autres ? Moi, par exemple, je fais grand bruit sur mon enclume, tant que dure la sainte journée. Mon voisin, le marchand de fromages, supporte mon vacarme ; et moi, en retour, je supporte sans rien dire l'odeur de sa marchandise, et nous vivons en bons voisins. Faites de même, les amis ! Puisqu'on meurt, il faut des crieurs des morts ; puisqu'on porte perruque, il faut des perruquiers ; puisque les chevaux refusent de marcher sans souliers, il faut des maréchaux ferrants, et puisqu'il est dit qu'un vrai Hollandais se passerait plus facilement de pain que de fromage, il faut qu'il y ait des marchands de fromages. Que deviendrait notre belle Hollande sans marchands de fromages, je vous le demande ?

IV

— Voilà qui est très bien dit », s'écria un quatrième interlocuteur.

Ce quatrième interlocuteur était un honorable bourgeois de la ville. Ce bourgeois venait d'ouvrir ses contrevents pour voir quel temps il faisait et quel habit il serait prudent de mettre pour aller faire sa petite promenade du matin, sous les arbres, le long du canal.

« Ami Salomon,... reprit-il en s'adressant au maréchal ferrant.

— Faites excuse, riposta le maréchal ferrant, jamais de la vie je ne me suis appelé Salomon.

— Sans injure, reprit le bourgeois, je t'appelais ainsi par éloge, à cause de la sagesse de ton jugement qui me rappelait celle du feu roi Salomon.

— Comme cela, dit le maréchal ferrant en souriant, appelez-moi Salomon tout autant qu'il vous fera plaisir.

— Eh bien donc, ami Salomon, voici tout simplement ce que je voulais dire. J'approuve d'autant plus les bonnes paroles que tu as prononcées, que j'allais les prononcer moi-même. Tu as eu sur moi l'avantage de celui qui s'est levé de bonne heure, sur celui qui vient de se réveiller sur le tard, et dont les idées sont encore un peu engourdies par le sommeil du matin. Mais je ne t'en veux pas de m'avoir devancé; non, je ne t'en veux pas, et la preuve, c'est que je t'invite à venir chez moi prendre un petit verre de quelque chose de bon.

— Jamais, répondit le maréchal ferrant, un homme sage n'a refusé un petit verre de quelque chose de bon lorsqu'on le lui offrait de bon cœur.

— Vous viendrez bien aussi, monsieur Aftreksel, ajouta le bourgeois. Comme dit Salomon, c'est offert de bon cœur.

— Quand on crie nuit et jour pour avertir les bons chrétiens de leur fin dernière, il arrive que l'on s'enroue. Je ne connais pas, pour ma part, de meilleur remède contre l'enrouement qu'un petit verre de quelque chose de bon. Je suis des vôtres.

V

— Et toi aussi, voisin Kuit, ajouta le bourgeois en adressant un clignement d'yeux au perruquier.

— La poudre altère, répondit le perruquier, et il n'y a rien comme un petit verre de quelque chose de bon pour abattre la poussière, surtout quand on le boit en bonne et honorable compagnie », ajouta-t-il en adressant un sourire conciliant au terrible Aftreksel.

Le bon bourgeois descendit ouvrir sa porte lui-même, et il trouva ses trois invités luttant de politesse. C'était à qui ne passerait pas le premier.

« Par rang d'âge », dit-il en souriant.

M. Aftreksel entra le premier, suivi du maréchal ferrant. Le bon Kuit fermait la marche.

Il les introduisit dans une jolie petite pièce bien propre et bien fraîche, les fit asseoir autour d'une table d'ébène qu'il avait mis trente ans à frotter et à polir, et tira d'un buffet une belle bouteille noire et quatre petits verres curieusement ciselés.

Quand il eut rempli les quatre petits verres, il dit facétieusement : « Amis, cette liqueur fait du mal à quiconque ne la boit pas à la santé de quelqu'un. Que chacun de nous porte donc une santé, à commencer par le plus jeune. A toi, voisin Kuit ! »

Le voisin Kuit but à la santé du « brave M. Aftreksel », et le bon bourgeois approuva de trois signes de tête.

Le brave M. Aftreksel porta celle de l'amphitryon ; l'amphitryon, celle du maréchal ferrant.

« Moi, dit le maréchal ferrant, je bois à la santé de mon voisin le marchand de fromages, et en général à celle de tous les braves gens qui savent se supporter les uns les autres ! »

Tout le monde cria : « Bravo ! » et nos gens se séparèrent en se serrant mutuellement les mains, et en se disant : « Supportons-nous les uns les autres, le monde n'en ira que mieux ! Ainsi soit-il ! »

JEAN MOYT

I

Le conseil de guerre déclara à l'unanimité que le cavalier Jean Moyt avait mérité la mort. Jean Moyt connaissait son code militaire et savait d'avance ce qui l'attendait. Il s'était même encouragé, dans la solitude et le silence de la cellule, à faire bonne figure devant le tribunal, afin que les camarades de chambrée pussent dire : « N'importe, ce pauvre Jean Moyt était un brave! » Malgré cela, lorsqu'il entendit la sentence, il laissa échapper un sanglot et dit en serrant ses deux mains l'une contre l'autre : « Mes pauvres parents! » Ce fut tout, et il se retira d'un pas ferme, après avoir salué ses juges.

Les parents de Jean Moyt étaient d'honnêtes cultivateurs tourangeaux. Quand il fut de nouveau dans sa cellule, il songea au petit bourg de Mauvières, où il était né, où il avait vécu heureux jusqu'au jour où la conscription de 1817 l'avait appelé sous les drapeaux. Les scènes de sa vie d'enfance lui revinrent avec une netteté extraordinaire. Une surtout se présentait sans cesse à son esprit, comme une obsession.

Il gaulait des noix avec son père, sur le bord de la grande route qui va de Loches à Châtillon-sur-Indre, en traversant Mauvières. Une voiture vint à passer, chargée de tonneaux de vin. L'homme qui la conduisait marchait d'un pas mal assuré, en hurlant une chanson à boire.

Parvenu à l'endroit où Jean Moyt et son père donnaient de grands coups de gaule sur les branches d'un noyer, il lui prit fantaisie de faire arrêter son attelage. Alors, étendant le bras vers les tonneaux, il dit d'une voix avinée :

« C'est là dedans, les gars, qu'il y en a, des chansons ! »

Le père Moyt lui répondit en secouant la tête :

« Possible, camarade ! Mais c'est là dedans aussi qu'il y en a, des malheurs et des crimes ! »

L'homme fouetta ses chevaux en haussant les épaules. Le soir même on apprit, à Mauvières, par le conducteur de la patache, que cet homme, parti pour Châtillon, n'avait pas été plus loin que Fléré-la-Rivière.

Fatigué sans doute d'aller à pied, il s'était assis sur le brancard de la voiture. Il s'y était endormi d'un lourd sommeil d'ivrogne, un cahot l'avait précipité par terre, et il avait été écrasé.

Cet événement tragique, avec toutes ses circonstances, avait hanté longtemps la mémoire de Jean Moyt. Mais l'impression s'en était peu à peu effacée, et, le jour même où il était allé tirer au sort à Loches, avec les autres garçons de Mauvières, il s'était laissé aller, comme les autres, à se rafraîchir plus longuement et plus copieusement que de coutume. Il rentra fort penaud, sans se vanter des exploits de la soirée.

Mais le père Moyt apprit par le garde champêtre que son fils était prié de se rendre, en compagnie de ses camarades, pardevant le tribunal de police correctionnelle, pour répondre à l'accusation de tapage nocturne. Le tribunal fut indulgent et se contenta d'une légère amende, en considération de ce fait que les coupables étaient des conscrits. Mais quelqu'un qui ne fut pas indulgent, ce fut le pharmacien à qui l'on avait enfoncé la devanture de sa boutique et brisé ses bocaux.

Il fallut fouiller à l'escarcelle, et le père Moyt, d'un air sévère et renfrogné, fit observer, non sans raison, que cet argent-là aurait pu être dépensé plus utilement.

Pour toute excuse, le conscrit répétait :

« Je ne savais pas ce que je faisais !

— On n'a qu'à ne pas se mettre dans des états où l'on ne sait plus ce que l'on fait, dit sèchement le père Moyt; car cela peut mener plus loin qu'on ne croit. Que cette affaire-là te serve de leçon, mon gars, quand tu seras au régiment. »

II

Cette « affaire-là » lui servit de leçon pendant onze mois, à peu près. Je ne veux pas donner à entendre qu'il n'allait pas de temps en temps se rafraîchir chez le marchand de vin, mais c'était toujours en compagnie d'un ou deux camarades que l'on avait élevés dans l'horreur de l'ivrognerie et dans la terreur des conséquences que peut avoir un moment d'ivresse, surtout pour un militaire.

Mais peu à peu, sans savoir comment, Jean Moyt se trouva faire partie d'une société plus étendue et plus mêlée. On se mit à le plaisanter sur ses habitudes discrètes de fantassin. Un vrai hussard sait couler la vie la plus douce, sans jamais aller plus loin que la salle de police.

A l'époque où Jean Moyt était venu de Mauvières à Paris, portant sa feuille de route en sautoir, dans un cylindre de fer-blanc, cela lui était bien égal d'être habillé en hussard ou en fantassin. La seule chose qui lui donnât du souci, c'est qu'il avait « son temps à faire ». Dans sept ans seulement il retournerait à Mauvières, si jamais il y retournait.

Peu à peu il subit le prestige de l'uniforme, et finit par prendre ce que l'on appelle l'esprit de corps. Mais il le prit par son mauvais côté. C'est une belle et bonne chose que l'esprit de corps, lorsqu'il porte un homme à faire tout son possible pour honorer l'uniforme qu'il porte, et à s'abstenir de tout ce qui pourrait le diffamer. Mais c'est une très mauvaise chose quand il pousse le soldat à mépriser tout ce qui ne porte pas le même uniforme que lui.

L'estime de soi-même se manifesta à la longue, chez Jean Moyt, par un mépris stupide et déraisonnable pour le fantassin.

Un escadron qui était en détachement aux environs de Paris étant venu rejoindre le corps, l'escadron de Jean Moyt, destiné à le remplacer, souhaita la bienvenue aux arrivants. Cette petite fête eut lieu dans une des guinguettes des faubourgs. Les arrivants rendirent la politesse aux partants, dans la même guinguette, quelques jours après.

Peut-être faisait-il plus grand chaud ce jour-là que l'autre; peut-être le voisin de Jean Moyt était-il plus entreprenant. Le fait est que Jean Moyt sentit très nettement qu'il ne serait plus maître de lui s'il franchissait certaine limite, celle qu'il avait franchie le jour du tirage au sort. Il se tint sur ses gardes.

Le moment de porter les santés étant venu, le voisin de Jean Moyt l'accusa publiquement d'avoir à peine trempé ses lèvres dans son verre, et l'accusa d'être un faux frère,... un fantassin !

Tous les regards étaient fixés sur Jean Moyt. Un moment il fut sur le point de dire : « Les amis, je connais ma limite! » Mais l'amour-propre le perdit, après tant d'autres. Sans dire un mot, il se leva, porta son verre à ses lèvres et le vida d'un trait....

Il sentit qu'il faisait une sottise, et cependant il la fit. On but de nouvelles santés, et il arriva un moment où Jean Moyt trouva tout naturel de dire des extravagances et d'en faire.

III

Un soldat d'infanterie vint à passer sur la route. Quelqu'un fit observer qu'il prenait des airs, et qu'il se carrait comme si le pavé du roi était à lui tout seul. Un second déclara que cela n'était pas supportable. Un troisième s'écria que cet homme méritait une leçon, et que quelqu'un de sa connaissance allait la lui donner à l'instant.

Quelques voix crièrent : « Arrêtez-le ! » Un plus grand nombre hurla : « Bravo, Jean Moyt ! »

Jean Moyt, avec l'assistance de son voisin, enjamba tant bien que mal le banc sur lequel il était assis, et courut après le fantassin.

Arrivé à quelques pas de lui, il cria d'une voix de tonnerre : « Halte-là ! »

Le fantassin se retourna tout surpris et, voyant à qui il avait affaire, sourit avec bonne humeur.

« Tu souris, je crois, hurla Jean Moyt, tu te moques de moi, je crois. A genoux devant ton supérieur ! sinon.... »

Le malheureux essaya de dégainer son sabre ; mais comme les mains lui tremblaient d'ivresse et de fureur, il ne put y parvenir. Prenant alors le fourreau par le milieu, il fit une espèce de moulinet, que l'autre évita sans peine en se précipitant sur son adversaire et en le prenant corps à corps. Jean Moyt écumait et blasphémait, et sa fureur redoubla quand le fantassin, le regardant de près, dans les yeux, lui dit tranquillement :

« Et puis après ? »

Une patrouille passa, conduite par un sous-officier ; quatre hommes séparèrent les belligérants. Le soldat d'infanterie n'eut pas de peine à prouver qu'il avait été attaqué, qu'il se trouvait en état de légitime défense, que d'ailleurs il n'avait pas frappé, et s'était contenté de maintenir un furieux qui voulait le contraindre à se mettre à genoux.

Quant au furieux, il se débattait entre les mains des hommes de la patrouille, répétant toujours les mêmes paroles :

« A pas voulu saluer son supérieur. »

Le chef de la patrouille lui ayant fait observer que l'autre soldat n'était pas son inférieur, Jean Moyt lui répondit :

« Si, il est mon inférieur, et toi aussi, car vous n'êtes que deux... fantassins.

— Qu'on le désarme, dit le chef de patrouille.

— Attrape cela en attendant, pour t'apprendre à être poli »,

cria Jean Moyt; et, avant que personne pût s'opposer à son des-
sein, il souffleta le sous-officier.

Il y eut un moment de stupeur.

« Il y a trop de témoins pour que l'on puisse étouffer l'affaire,
dit le sous-officier. En avant, marche! »

Pendant qu'on l'emmenait, Jean Moyt ricanait niaisement, et
criait aux hussards ses camarades :

« Avez-vous vu? Avez-vous vu? Oh! la bonne farce! »

IV

Voilà comment le pauvre Jean Moyt, parti pour une période
de sept ans, ne remit jamais les pieds à Mauvières. Ses parents
sont morts depuis longtemps. La famille Moyt est donc éteinte,
mais quelque chose lui survit; c'est le mot du pauvre père Moyt :

« S'il y a des chansons dans les tonneaux, il y a aussi bien
des malheurs et bien des crimes! »

POUR REMPLACER LA PESTE

I

Jupiter dit un jour en frappant du pied, comme un simple mortel.

« Ah çà ! suis-je le maître, ou ne suis-je pas le maître ?

— Sire, répondirent en chœur les dieux, vous savez bien que vous êtes le maître absolu.

— Pas de phrases ! reprit Jupiter. Je suis si peu maître absolu, que les mortels se moquent impudemment de moi. Comment ! je sue sang et eau à inventer, pour punir les crimes de la terre, un fléau capable, comme dit cet autre, « d'enrichir en un jour l'Achéron » ….

       — La peste, puisqu'il faut l'appeler par son nom,

dit le blond Phœbus, pour flatter son roi, en achevant la citation.

— La peste ! eh bien oui, reprit Jupiter. Pouvez-vous me dire ce qu'ils m'en ont fait, de ma peste ?

— Ils l'ont, dit Esculape, réduite aux proportions d'un mal très restreint, qu'ils appellent *choléra*. Je vous demande pardon, sire, d'écorcher vos oreilles de ce mot barbare.

— *Choléra*, soit ! Le nom ne fait rien, c'est la chose qui importe. Au prix de ma bonne vieille peste qui les frappait tous, si elle ne les faisait pas tous mourir, le choléra n'est qu'un fils dégénéré. Je veux qu'on m'invente un autre fléau, un fléau plus meurtrier que la peste, un fléau qui sévisse en tout temps, et non point par saccades, un fléau qui.... Je mets la question au concours. »

Tous les dieux présents regardèrent Esculape avec un air de dire que, vu sa connaissance des poisons, il était bien sûr de remporter le prix. Esculape, cependant, secoua la tête et dit : « Je me fais vieux, je me suis retiré de la pratique depuis de longues années. Mes connaissances en chimie sont fort rudimentaires, et.... Bref! je ferai de mon mieux, mais je ne réponds de rien. »

A quelque temps de là, Jupiter rassembla tout son monde et dit : « Immortels, la séance est ouverte, la parole est à qui veut la prendre ».

Personne ne prenant la parole, Jupiter dit avec dépit : « Trop de modestie, en vérité! Or çà, puisque personne n'ose parler le premier, je vais vous interroger à la file, dans l'ordre où le hasard vous a placés. »

Personne n'avait rien trouvé; il ne restait plus à interroger que deux des dieux : Esculape et Apollon.

Esculape proposa l'*opium* et le *tabac*, expliquant par le menu les effets de ces deux poisons.

« Le tabac a du bon, dit Jupiter en hochant la tête d'un air de satisfaction; quant à l'opium, il me paraît destiné à faire des merveilles. Pas mal, Esculape! On peut voir par ces deux découvertes que, nous autres vieux, nous valons encore quelque chose. Quant à toi, Phœbus-Apollo, ajouta-t-il en se tournant vers le dieu de la lumière et de la poésie, si je t'interroge, c'est pour la forme : tes pensées planent trop haut pour que....

— C'est ce qui vous trompe, sire, répondit Phœbus-Apollo, mon désir de vous plaire m'a bien inspiré : j'ai cherché, et je crois avoir trouvé. »

II

Tous les dieux firent : « Ah! », tant ils étaient surpris, et Jupiter pria Phœbus-Apollo de s'expliquer.

« Sire, dit-il, il s'agit d'un breuvage qui n'a rien en soi de répugnant, au contraire. Une fois qu'ils en auront goûté, les hommes ne pourront plus s'en déshabituer, et ce breuvage les rendra pires que des animaux; ils y puiseront la rage, le délire, la maladie, la mort, une mort horrible.

— Cela me semble assez gentil, dit Jupiter; continue, mon brave porte-lyre.

— Ce poison, reprit Phœbus-Apollo, les détournera de leurs devoirs, de leurs affections, et leur fera perdre tout sentiment de dignité. Le mari battra sa femme ou se laissera battre par elle; le fils battra son père, assassinera son meilleur ami, se ruinera et ruinera les autres, criera tout haut ses secrets, comme une pie, et se montrera devant ses pareils, hideux et grotesque, comme un singe.

— Parfait, dit Jupiter; mais, dis-moi, mon ami, comment tu as pu découvrir un secret si merveilleux.

— Si je voulais me faire valoir, sire, je vous répondrais : « En y pensant ». Mais si je mens en vers, c'est que

> Le mensonge et les vers de tout temps sont amis.

En prose, je dis toujours la vérité. J'ai, par le monde, une fille qui s'appelle Circé, qui s'occupe beaucoup de chimie et que j'avais un peu négligée ces siècles passés. Je m'en allai lui faire visite. Elle me reçut froidement; mais ce n'est pas pour rien que je pratique de temps immémorial le bel art de la logique. « Ma « fille, lui dis-je, voici l'objet de ma visite : il s'agit de faire le « plus de mal possible aux hommes. » Or Ulysse était homme.

« Aussitôt son visage s'éclaircit, et elle me dit en souriant :

« — Je suis à vos ordres.

« — Donne-moi le secret du breuvage qui te servit à trans-former en bêtes les compagnons d'Ulysse. »

— Minute! s'écria Jupiter en lui coupant la parole sans cérémonie; transformer les hommes en bêtes, ce serait souvent leur faire plus de bien que de mal. De plus, quand les rusés mortels verraient un camarade transformé en bête, ils se détourneraient de ton breuvage, et l'effet serait manqué.

— Sire, reprit Apollon, c'est précisément ce que j'ai dit à Circé. Elle a compris, et comme elle est fort habile dans la fabrication des poisons, elle a changé quelque chose à sa formule avant de me la donner par écrit. C'est par métaphore que nous transformerons les hommes en animaux; par le fait, ils deviendront plus vils que les animaux.

— Très bien! dit Jupiter, et, dis-moi, mon ami, quel est le nom de ce breuvage?

— Sire, je vais vous le dire. De même que nous appelons, par antiphrase, Euménides ou bienveillantes les Furies, qui sont tout ce qu'il y a de plus malveillant au monde, de même ma fille propose d'appeler *eau-de-vie* cette liqueur destinée à donner la mort.

— Très joli, dit Jupiter. Donne-moi ta formule par écrit; je vais l'envoyer en songe à quelque mortel qui se réveillera tout joyeux, croyant avoir fait une merveilleuse découverte. »

Ce qui fut dit fut fait sans délai, car Jupiter était devenu impatient, avec les années. Aussitôt un mortel inventa, ou crut inventer, la distillation des esprits, et l'alcool sévit à travers le vaste monde, surtout dans les contrées du Nord.

III

Le célèbre peintre satirique anglais Hogarth traduisit, dit-on, à sa manière, sur une enseigne de cabaret, la peinture tracée par Phœbus-Apollo. Un pauvre diable de charpentier a eu le malheur d'épouser une personne qui a un goût prononcé pour la liqueur inventée par Circé et répandue à travers le monde par la volonté de Jupiter. L'artiste l'a représenté portant sur son dos sa douce moitié, qui de la main droite tient un verre, et de l'index de la main gauche désigne son seigneur et maître à la risée des passants. La pie, symbole d'indiscrétion, et le singe, symbole d'impudence et de mauvaises manières, complètent la charge du malheureux esclave. Car esclave il est, de son propre aveu, puisqu'il montre lui-même la chaîne qu'il porte au cou, assujettie par un solide cadenas.

Au second plan on aperçoit la taverne du marchand de gin et la boutique du prêteur sur gages, où il vient de laisser ses outils.

Ce tableau sert d'enseigne à une *ale-house*, dans Oxford-street, à Londres. A l'une des fenêtres on a exposé une gravure du tableau avec ces mots : *Drawn by Experience; engraved by Sorrow;* c'est-à-dire : Dessiné par l'Expérience ; gravé par le Chagrin.

LE DUEL D'ATHELSTANE HOLYBEARD

I

Voici ce que dit la tradition :

Athelstane Holybeard, esquire, naquit avec le nombre réglementaire de doigts aux mains et d'orteils aux pieds, ce qui fit que l'on dit de lui : « C'est un enfant bien conformé ». Il avait apporté avec lui, en venant au monde, une intelligence moyenne, un cœur loyal, mais seulement une moitié de volonté.

Après tout, cependant, puisque l'on peut respirer et vivre avec un seul poumon, peut-être Athelstane Holybeard, avec sa moitié de volonté, aurait-il traversé sans encombre cette vallée de larmes que l'on appelle la vie, si cette pauvre moitié elle-même n'eût été expulsée de son corps enfantin comme la poussière est expulsée des tapis et tentures, c'est-à-dire à coups de houssines.

Le pauvre Athelstane, en effet, eut pour nourrice une vigoureuse Écossaise mal endurante, qui fouettait son aristocratique nourrisson, pour le réveiller quand elle le trouvait trop endormi, et pour le faire taire quand elle le trouvait trop criard.

Lorsqu'il passa des bras de la nourrice aux mains de la gouvernante, le petit squire n'eut aucun motif de s'applaudir d'avoir changé de gouvernement; car si le « personnel » avait été remplacé, les principes et les moyens d'action étaient demeurés les mêmes.

II

Aussi, quand il sortit des mains des femmes pour venir s'asseoir à la table de famille, tout le monde s'aperçut qu'il avait absolument perdu sa moitié de volonté.

Il alla à l'école de Rugby, parce que son papa lui dit d'y aller. Il y travailla d'abord, parce que sa maman lui avait dit d'y travailler, et tomba ensuite dans la paresse, parce que son ami de cœur, Bob Rifle, lui défendit de s'appliquer aux études, sous prétexte que c'est mauvais genre.

Il alla ensuite à l'université d'Oxford, parce que Bob Rifle y allait, et se trouva fort dépourvu lorsque Bob Rifle retourna dans sa famille. Il ne lui restait pas même la ressource de rentrer dans la sienne pour se laisser conduire par son papa et sa maman; car le squire et sa femme étaient morts l'année précédente. Le tuteur d'Athelstane, croyant lui faire grand plaisir, lui mit la bride sur le cou; et l'infortuné Athelstane pleura de vraies larmes de détresse en ne découvrant personne autour de lui qui eût la bonté de vouloir pour lui.

Peut-être serait-il mort d'inquiétude, d'incertitude, d'impuissance et d'ennui, s'il n'eût rencontré un ancien condisciple de Rugby. Ce condisciple, assez pauvre sire autrefois, je veux dire assez mal accommodé du côté de la fortune, était devenu riche et lord subitement, par la mort d'un arrière-cousin.

Ce nouveau lord Plumbo s'ennuyait considérablement depuis qu'il était lord, riche et oisif. Cela lui fit plaisir de rencontrer une créature humaine aussi isolée que lui, plus excédée de sa propre personne qu'il ne l'était lui-même de la sienne. Cela l'amusa de vouloir pour deux, et il prit tant de goût à cet amusement, qu'il traîna le squire à travers toutes les parties du monde, quoique le squire ne fût point d'humeur voyageuse.

Il alla ensuite à l'Université d'Oxford.

III

Quand lord Plumbo eut tout vu, et Athelstane aussi, ils approchaient tous les deux de la quarantaine. Lord Plumbo ne s'était pas marié parce qu'il avait une horreur naturelle pour le mariage. Athelstane était resté célibataire parce que lord Plumbo ne lui avait jamais dit : « Je désire que tu te maries » !

« Qu'allons-nous faire maintenant? demanda lord Plumbo à Athelstane, un jour qu'ils bâillaient en regardant courir des chevaux maigres à Epsom.

— Oui, qu'allons-nous faire? répéta tristement Athelstane.

— Je m'ennuie chez moi, reprit lord Plumbo.

— Et moi de même, répéta Athelstane.

— Et j'ai remarqué que nous nous ennuyons l'un chez l'autre, et l'un avec l'autre », reprit lord Plumbo avec plus de franchise que de politesse.

Athelstane découvrit que c'était précisément ce qu'il avait observé lui-même, et, s'il n'avait pas formulé plus tôt cette observation, c'est qu'il avait la pensée moins prompte et la parole moins facile que son ami.

— Il m'est venu une idée », reprit lord Plumbo, après avoir émis cinq bâillements de suite, c'est à savoir quatre petits, à demi réprimés, et un cinquième largement épanoui.

Athelstane regarda avec une expression de profonde reconnaissance l'ami qui avait eu l'extrême bonté de concevoir une idée pour eux deux, et par conséquent une décision.

« Il faut, dit lord Plumbo, que nous nous fassions recevoir comme membres du *Club des bons vivants*.

— C'est cela, reprit Athelstane.

— Une fois reçus, nous nous installerons complètement au club. Les appartements sont plus que confortables; le chef de

cuisine est un Français qui sait son métier; les allées et venues
des uns et des autres nous distrairont jusqu'à ce qu'elles nous
ennuient. Alors nous aviserons à autre chose. »

C'était bien joli de sa part de dire : « Nous aviserons » ! Il
aurait dû dire : « J'aviserai »; et c'est bien aussi comme cela
que le comprit l'homme qui avait perdu sa volonté.

Voilà les deux gentlemen proclamés membres du *Club des
bons vivants*; les voilà installés dans leurs appartements prin-
ciers; les voilà contents de leur sort, du moins provisoirement.
Vers la fin du sixième mois ils commencèrent à s'ennuyer un
peu de cette douce vie; ou, pour parler plus exactement, lord
Plumbo s'ennuya et Athelstane se crut obligé de bâiller.

IV

Ils en étaient donc là quand un incident assez vif vint secouer
leur torpeur. En ce temps-là, qui est loin de nous, la fine fleur
des débauchés élégants de Londres s'appelaient entre eux des
Corinthiens. Il parut un livre qui fit fureur à cette époque, mais
qui a été absolument oublié depuis, et qui méritait de l'être.
Ce livre, intitulé *Tom le Corinthien*, publiait des scènes de la
prétendue vie élégante de Londres, avec accompagnement
d'images coloriées.

Lord Plumbo, qui ne manquait pas de goût, avait déclaré à
Athelstane que ce livre était, à son avis, méprisable; et Athelstane avait avoué à lord Plumbo qu'il trouvait l'ouvrage digne du
plus profond mépris.

« Profond mépris! Monsieur! » s'écria un gentleman qui
avait saisi ce propos au vol; car la conversation avait lieu
dans l'une des salles du *Club des bons vivants*.

Le gentleman qui avait poussé cette exclamation était le
major O'Furlough, de l'armée des Indes. Ce major, quoiqu'il fît

partie du *Club des bons vivants*, n'était pas lui-même un bon vivant. Irascible, vindicatif, tracassier, et avec cela fort prudent, il cherchait volontiers querelle aux gens qu'il croyait trop timides pour répondre à ses cartels.

Athelstane blêmit et trembla, ou, pour parler plus conformément à la vérité, le corps d'Athelstane blêmit et trembla, mais Athelstane lui-même n'hésita pas un instant à défendre son opinion, parce que c'était celle de son ami lord Plumbo.

« J'ai dit : profond mépris, et je répète : profond mépris, reprit-il d'une voix un peu tremblante, mais sans balancer un instant.

— Savez-vous, reprit l'irascible major, que l'auteur est de mes amis?

— Je l'apprends à l'instant, dit Athelstane, de plus en plus pâle, mais naturellement cette information ne change rien à mon opinion. » Il aurait dû dire : « à l'opinion de mon ami ».

Il eut à peine achevé ces mots, que le major lui lança la tasse de café qu'il était en train de déguster, plus la soucoupe, plus la cuiller.

Le café lui ruissela sur le visage, la tasse lui frôla le menton, la soucoupe l'atteignit à la joue : un vrai soufflet! Quant à la cuiller, elle se faufila entre le gilet et le plastron de la chemise, au grand détriment du plastron.

V

Dans les premières secondes d'effarement, Athelstane se disposa à prendre la fuite, pour éviter une seconde volée de mitraille. Mais lord Plumbo le saisit par le bras, et Athelstane, croyant que la volonté de son ami était de le voir boxer l'assaillant, replia ses bras, en ramenant ses poings contre sa poitrine.

« Non, pas cela, lui dit lord Plumbo à l'oreille.

— Quoi alors ?

— Un duel.

— Comment s'y prend-on ?

— Laissez-moi faire.

— Faites.

— Donnez-moi une de vos cartes. »

Athelstane tira une de ses cartes et la remit à lord Plumbo. Lord Plumbo, après avoir examiné la carte, de crainte de méprise, la rendit à son ami en lui disant : « Jetez-la sur la table devant le major ».

Athelstane jeta la carte. Alors son ami lui prit le bras et l'emmena en lui recommandant de marcher la tête haute, avec une grande dignité.

L'autre obéit à la lettre.

Les témoins, de part et d'autre, conférèrent ensemble, se concertèrent et s'entendirent. On se battrait au pistolet, à trente pas.

Le capitaine O'Macalor servit de témoin au major, lord Plumbo assista Athelstane, et le docteur Puffey les accompagna sur le terrain avec sa trousse sous le bras.

Athelstane était fort troublé, et on le serait à moins, mais la volonté de lord Plumbo, en cette circonstance comme dans tant d'autres, lui tint lieu de volonté personnelle.

A demi-voix, pour n'être point entendu des adversaires, lord Plumbo lui commanda tous les mouvements comme s'il avait devant lui une recrue. Et Athelstane les exécuta tous avec précision ; son courage naturel triompha des frissons de la chair apeurée et des révoltes trop naturelles de cette guenille que nous appelons notre corps. La tradition dit qu'il tira sans viser, et c'est peut-être ce qu'il avait de mieux à faire. Le hasard dirigea sa balle et l'enfonça profondément dans le biceps du major.

Pendant que le docteur Puffey courait au blessé, lord Plumbo saisit la main de son ami et lui dit : « Par saint George, Holybeard, vous êtes le gaillard le plus brave et le plus étonnant que j'aie jamais vu, pour avoir si galamment triomphé de la répugnance de votre corps ».

Au *Club des bons vivants* on commença à regarder Holybeard avec un certain respect.

Malheureusement, le docteur Puffey, témoin de la lutte qui avait eu lieu chez Athelstane entre la chair et l'esprit, en toucha quelques mots, à bonne intention ; les amis du major s'emparèrent de cette révélation, la tournant à la gloire de leur ami vaincu et à la confusion de son vainqueur. L'un d'eux, quelque peu dessinateur, représenta la scène en caricature ; son dessin passa de main en main, et arriva même à un journal satirique, qui le fit graver et le publia.

Voici ce que représentait ce dessin : Au second plan, le major dans une attitude élégante et héroïque, couchant en joue son adversaire. Au premier plan, le malheureux Athelstane en proie à une terreur abjecte, emboîté dans un appareil compliqué qui le maintient debout, pendant qu'il perd connaissance, et que son compère, lord Plumbo, à l'abri derrière un tronc d'arbre, tire une ficelle qui communique avec la gâchette du pistolet, et fait ainsi feu, au lieu et place de son client, aux trois quarts mort de peur.

VI

Le jour où Athelstane vit le journal satirique sur une des tables du cercle, il demeura fort perplexe. S'il eût suivi son premier mouvement, il aurait haussé les épaules, en riant de cette inepte et plate grossièreté. Oui, mais qu'allait penser lord Plumbo de tout cela ? Rirait-il ou bien prendrait-il feu ? Lui conseillerait-il de rire, ou bien l'enverrait-il une seconde fois sur le terrain ? Naturellement, si lord Plumbo disait : « Il faut en découdre ! » on en découdrait, mais le bon Athelstane aurait mieux aimé ne pas en découdre.

Lord Plumbo survenant eut un rire de mépris, et se contenta

de dire : « Holybeard, mon garçon, c'est à leur honte qu'ils ont
fait cela, car tout le monde connaît l'histoire et vous tient pour
un brave.

— Parfaitement, s'écria de sa grosse voix le colonel Shafton
qui venait d'entrer. Holybeard, mon ami, donnez-moi votre
main, que je la serre en signe d'estime. Quant à cette chose,
reprit-il en montrant le dessin, voici le cas qu'un galant homme
en doit faire. »

Ayant arraché la page, il la déchira en petits morceaux, aux
applaudissements de l'assistance.

Jamais, depuis cette époque, aucun des membres du cercle
ne songea à jeter une tasse de café à la figure de Holybeard ;
quant au major O'Furlough, il faut croire que sa popularité ne
s'accrut pas parmi les membres du *Club des bons vivants*,
car, après que son bras fut guéri, il alla rejoindre son régiment, dans l'Inde, devançant de quatre mois la fin officielle de
son congé.

Voilà, d'après les témoignages les plus authentiques, l'histoire du seul duel qu'ait eu dans sa vie Athelstane Holybeard,
esquire.

UN TOUR PENDABLE

I

Les Réglot avaient un tout petit bien dont ils vivaient honnêtement : le bonhomme Réglot faisait pousser des légumes, et la mère Réglot les vendait sur la place du Marché.

Assise sous son grand parapluie rouge, qui la protégeait contre les coups de soleil et les ondées, la mère Réglot lisait son petit journal d'un sou en attendant les pratiques.

Si le vieux Réglot convenait volontiers que sa vieille était une bonne vieille en général, il récriminait amèrement contre la manie qu'elle avait de s'absorber dans sa lecture, au point de ne plus savoir ce qui se passait autour d'elle. Quand le feuilleton était particulièrement dramatique et qu'il y avait dedans beaucoup de noms propres et de mots composés de plus de trois syllabes, la mère Réglot avait tant de peine à s'y retrouver qu'elle tombait, surtout les jours de grande chaleur, dans un état comateux voisin du sommeil.

« On pourrait te pincer sans te réveiller! disait le bonhomme Réglot.

— Eh bien, on peut essayer, répondait tranquillement la bonne femme.

— Un beau jour, on te volera toute ta marchandise à ton nez et à ta barbe!

— On peut essayer », répétait la bonne femme sans se décon-
certer.

Au fond, le vieux maraîcher ne craignait pas de voir dévaliser
l'éventaire de sa femme; car tout le monde est honnête à Soubiron-le-Petit. Il est vrai que les jours de marché il vient à
Soubiron-le-Petit pas mal d'étrangers et de rôdeurs; mais ces
gens-là font plus volontiers main basse sur les boutiques des
marchands de montres et de bijoux que sur celles des marchands
de choux et de carottes.

Bon. Alors, me direz-vous, puisque la marchandise ne courait aucun risque, pourquoi le père Réglot reprochait-il à sa
pauvre bonne femme une distraction aussi innocente que celle
de lire, dans un demi-sommeil, des feuilletons auxquels elle ne
comprenait pas grand'chose et des discussions politiques auxquelles elle n'entendait rien du tout?

Je m'en vais vous le dire.

II

La mère Réglot, comme beaucoup d'autres personnes censé-
ment plus instruites et plus éclairées qu'elle, avait la rage d'in-
fliger aux autres le récit et le compte rendu de ce qu'elle venait
de lire.

Le vieux maraîcher, sa journée finie, n'aurait pas été fâché
de souper tranquillement, sans rien dire, ou en causant de choses
qui fussent à sa portée. Sa femme ne l'entendait pas ainsi. Il
lui eût été impossible de fermer l'œil de la nuit si elle n'eût
préalablement déchargé son intellect et sa mémoire du fardeau
de sa lecture du jour.

Elle servait d'abord à son auditeur, malgré ses énergiques
protestations, le feuilleton, ou plutôt la tranche de feuilleton.
Cette tranche isolée n'avait pas l'ombre de sens commun, et

puis la bonne dame faisait de fréquents quiproquos, ne sachant
plus elle-même si c'était le chiffonnier qui avait forcé le coffre-
fort du baron, ou le baron qui avait forcé le coffre-fort du chiffonnier!

« Comme si les chiffonniers avaient des coffres-forts! grommelait l'honnête maraîcher. Mon Dieu! mon Dieu! faut-il que ces
gens-là soient bêtes! »

Ces « gens-là », ce n'étaient pas les chiffonniers, bien entendu,
mais les individus qui racontaient des sottises pareilles, en d'autres termes les gens de lettres. Attrape!

Quant aux discussions politiques, le vieux travailleur les exé-
crait et résumait son opinion sur cette matière en haussant les
épaules et en disant : « La politique! laisse donc, femme : ça
endort ou bien ça rend fou furieux! »

Un certain soir, les deux pauvres vieux s'égosillèrent l'un à
attaquer, l'autre à défendre le suffrage universel, d'autant plus
acharnés qu'ils n'entendaient goutte à la question.

Le père Réglot se coucha en murmurant : « Il faut que je
voie la fin de tout ça! »

III

Le lendemain, sur le coup de deux heures, il rentra sournoisement dans le bourg, abandonnant aux soins de la Providence
ses jeunes laitues, qui avaient grand besoin d'être arrosées. En
passant sur la place de l'Église, il aperçut deux petits gamins qui
jouaient à la marelle.

« Voulez-vous gagner chacun deux sous? » leur demanda-t-il.

Les gamins ouvrirent de grands yeux. Deux sous! Pour une
somme aussi fabuleuse, ils étaient prêts à monter jusqu'au coq
du clocher.

« Ce que je vous demande n'est pas si dangereux que cela,
suivez-moi. »

Ils le suivirent, et quand ils débouchèrent sur la petite place du Marché, le bonhomme leur montra sa bonne femme qui, plongée dans la lecture de son cher journal, avait perdu de vue toutes les choses de ce bas monde.

« Je vais me cacher derrière ce coin de mur, leur dit le maraîcher ; et vous, vous allez m'apporter les carottes, les navets et les choux de cette bonne femme. Vous la connaissez bien, et vous savez que cette marchandise est à moi. On ne pourra donc pas vous accuser de vol. »

Du moment qu'il s'agissait de gagner deux sous et de jouer un mauvais tour à quelqu'un, sans courir aucun risque, chacun des gamins se déclara prêt à risquer le paquet.

Pour se faire la main et tâter le terrain, chacun des gamins escamota d'abord une carotte.

« Tout cela ! leur dit le bonhomme d'un ton de reproche ; mais, à ce compte-là, nous en avons pour toute la journée. Enlevez-moi les bottes tout entières, et vivement. »

Ils enlevèrent prestement les carottes, et puis les navets, et puis les choux. Tout le temps la vieille marchande avait l'air de leur sourire. Mais ce n'est pas à leur adresse qu'elle souriait. Elle venait de découvrir, dans le corps du feuilleton, que le chiffonnier n'avait rien trouvé dans le coffre-fort du baron (c'était bien fait), et que le couteau avec lequel il avait frappé la baronne n'était pas empoisonné (elle était si gentille, cette baronne !)

Quand le déménagement des légumes fut opéré, le père Réglot paya les déménageurs, après quoi il les pria d'aller sur la place de l'Église voir s'il y était, et plus vite que cela.

Chacun des gamins escamote d'abord une carotte.

13

IV

Quand il se vit bien seul sur la petite place déserte, il s'avança jusqu'à deux pas de sa femme, et lui dit, en s'inclinant avec une grande affectation de courtoisie :

« Bonjour, madame Réglot, comment va cette petite coquine de santé? »

Mme Réglot tressauta, ouvrit de grands yeux effrayés, reprit peu à peu ses sens et dit :

« Réglot, tu m'as fait peur.

— Peur! répéta Réglot : nous étions donc bien enfoncée dans notre lecture?

— Enfoncée, n'est pas le mot; mais, tout en ayant l'œil à la marchandise, je regardais.... Figure-toi que le couteau du chiffonnier n'était pas empoisonné.

— Vraiment, reprit le scélérat de Réglot d'une voix flûtée, vraiment! j'en suis bien aise. Et la vente a été bonne, à ce que je vois. Il n'est que deux heures et demie, et vos paniers sont vides.

— Vides! les paniers! s'écria la marchande, qui, retombant brusquement du ciel sur la terre, jeta un coup d'œil effaré sur les paniers vides. Oh! on m'a volée! volée pendant que je lisais! Maudit journal! »

Naturellement elle s'en prenait au journal au lieu de s'en prendre à elle-même. Mais ne rions pas d'elle : nous sommes tous comme cela.

Comme elle avait jeté le journal, le vieux maraîcher le ramassa galamment. Puis il reprit :

« Madame Réglot, calmez-vous. On ne vous a pas volé votre marchandise, on vous l'a seulement subtilisée, rien que pour vous montrer..., suffit! Mais ne trouvez-vous pas que ce serait une jolie histoire à conter aux voisines et aux voisins. Cette histoire m'appartient, j'en ferai ce que je voudrai. Vous allez décider vous-même de ce que j'en voudrai faire.

— Comment cela? demanda humblement la bonne femme.

— Écoute, ma vieille, reprit doucement le bonhomme, je la garderai pour moi si tu veux seulement me promettre....

— Oui, oui, s'écria précipitamment la vieille femme, je sais ce qu'il faut promettre; la preuve, c'est que.... »

Elle fit le geste de déchirer le journal.

V

« Non, pas ça! reprit le vieil homme, qui au fond était une crème de vieil homme. Je ne te demande pas de te priver de ton plus grand plaisir.... Lis ton journal, puisque cela t'amuse; mais promets-moi de ne plus me parler ni de chiffonniers ni de coffres-forts, ni de barons, ni de couteaux empoisonnés qui ne sont pas empoisonnés, ni de politique!

— Je me connais, reprit la bonne femme : si je me donnais encore la peine de déchiffrer le journal, je ne pourrais pas me refuser le plaisir d'en parler. Tiens, tire-le par un bout pendant que je le tire par l'autre. »

Sous leurs efforts combinés le journal se déchira piteusement en plusieurs lambeaux.

« N-i-ni! c'est fini, dit gaiement la mère Réglot.

— Oui, mais, objecta son mari, qu'est-ce que tu feras sous ton parapluie, en attendant la pratique? Tu t'ennuieras!

— Nenni, répondit-elle avec un bon sourire qui illumina toutes les rides de sa bonne vieille figure.

— Alors qu'est-ce que tu feras?

— Je te tricoterai de bons bas de laine.

— Femme, s'écria le père Réglot, tu es vraiment la meilleure des femmes. Et je regrette presque....

— Ne regrette rien, vieux scélérat de brave homme que tu es. Seulement, rends-moi ma marchandise. »

LES VICTIMES D'UN AMBITIEUX

I

Dieu nous garde de l'ambition et des ambitieux! L'ambition d'un homme, souvent, a bouleversé le monde : l'histoire en fait foi.

L'ambition d'un méchant avorton d'oiseau, gros en tout comme le poing d'un enfant nouveau-né, bouleversa la maison des Poljamin, coûta la vie à l'angora Patapouf, brouilla deux familles, et fut cause que le jeune André Poljamin passa toute la journée en retenue.

Voici l'histoire :

Sous la fenêtre de la chambre où le jeune André Poljamin préparait ses devoirs et ses leçons pour le lycée, des oiseaux avaient construit leur nid. Depuis qu'ils avaient posé la première brindille à la fourche de deux branches, le jeune André, plus préoccupé du travail des oiseaux que de sa propre besogne, avait furieusement négligé son *Cornelius Nepos* et ses déclinaisons grecques. Le professeur de cinquième avait commencé par secouer la tête d'un air scandalisé, puis il avait mis de petites notes sur le cahier de correspondance d'André, et le père d'André avait froncé les sourcils. Comme les petites notes se reproduisaient périodiquement, le papa indigné avait grondé son petit garçon, et même l'avait privé de dessert un jour que la famille Poljamin

recevait des amis à sa table. Quelle privation pour un petit gourmand, et quel affront pour un petit collégien qui avait pas mal
d'amour-propre !

II

Le nid parachevé, la mère y déposa quatre œufs qu'elle se mit
à couver avec une patience admirable. Le petit André, rendu
plus prudent par le malheur, avait préparé et expliqué tant
bien que mal la vie de Miltiade, puis celle de Thémistocle ; il
venait d'expédier celles d'Aristide le juste et de Pausanias
l'ambitieux. Il entamait celle de Cimon, et se risquait tout
tremblant parmi les mystères, les casse-cou et les chausse-trapes
de la troisième déclinaison grecque, lorsque les petits oiseaux,
l'un après l'autre, sortirent de leurs coquilles.

Il perdit bien quelques petits quarts d'heure à surveiller les
allées et venues du père et de la mère qui allaient aux provisions,
et le professeur plus d'une fois le regarda de travers, en faisant
le geste symbolique d'allonger la main vers le cahier de correspondance. Néanmoins il n'y eut point d'éclat : la crainte du
maître et l'amour du dessert maintinrent André sur les limites
où commencent les tribulations de l'écolier paresseux ou distrait.

Les petits oiseaux cependant commençaient à avoir des plumes ;
Cimon, fils de Miltiade, venait d'être frappé d'ostracisme, et
ndré Poljamin cherchait dans son dictionnaire le mot *celerius*,
pour traduire la phrase : *Cujus facti celerius Athenienses quam
ipsum pœnituit*[1].

Les oisillons, qui venaient de déjeuner copieusement, s'étaient
installés en dehors du nid pour digérer au soleil, et, en témoignage
de parfait contentement, ils faisaient : *Cuic! cuic! cuic!*

André aurait bien aimé à savoir ce qui les rendait si bruyants

---

1. « Les Athéniens souffrirent plus vite que lui de ce qu'ils avaient fait. »

et si joyeux; mais, se sentant un peu pressé par l'heure, il in-séra son pouce gauche dans son oreille gauche, et de sa main droite il continua à feuilleter son dictionnaire, en se répétant à demi-voix : *Celerius, celerius,* pour ne pas entendre les oiseaux.

— *Cuic! cuic! cuic!*

— *Celerius, celerius, celerius!*

Cette espèce de dialogue bizarre durait depuis une demi-minute lorsque la volonté d'André commença à céder, suivant en cela l'exemple de son attention; car le pauvre André s'aperçut qu'il cherchait *celerius* au milieu des pages consacrées à la lettre *S.*

Pour en finir avec cette obsession, il se leva brusquement et alla regarder par la fenêtre.

III

Trois des petits, ronds comme des boules, immobiles comme les fakirs, le bec clos comme des oisillons repus, se tenaient prudemment accroupis sur leurs pattes repliées, autour du nid. Le quatrième frère, plus éveillé et plus ambitieux, s'était perché triomphalement sur une petite branche isolée, à quatre pouces au moins au-dessus du nid !

L'oisillon fit d'abord bonne contenance, et tint la tête fièrement levée, appelant par ses cris l'attention de ses frères; mais aussitôt qu'ils cessèrent de le regarder, il prit un air penaud et inquiet, et André fut saisi d'un fou rire, parce que l'attitude et la physio-nomie de l'oisillon lui rappelèrent aussitôt celle de son cama-rade Charrier.

A la dernière leçon de gymnastique, le camarade Charrier, profitant de ce que le maître était occupé ailleurs, avait grimpé sur le portique, et, une fois là, avait crié aux autres : « Eh! les autres, regardez-moi donc! » Mais il y a une règle du rudiment

de Lhomond qui dit : *Sua hominem perdet ambitio* ; c'est-à-dire :
Charrier sera victime de son ambition.

A peine debout sur le portique, Charrier eut le vertige ; il se
mit piteusement à plat ventre sur la poutre horizontale, ferma
les yeux et cria : « Au secours! » Le maître appliqua l'échelle
contre le portique, et, prenant Charrier par la peau du dos, le
descendit, tremblant et penaud, au milieu des huées de ses
camarades.

Or l'oisillon se trouvait dans la même position que Charrier,
et il faisait la même figure. La branche était oblique, et ses
pattes glissaient ; ses moignons d'ailes et son embryon de queue
ne lui étaient d'aucun secours, soit pour voler, soit pour con-
server son équilibre.

Mais la mère était là, toute prête à jouer le même rôle que le
maître de gymnastique.

IV

André, curieux de savoir comment elle s'y prendrait, oublia
Cimon, les Athéniens, l'ostracisme, l'heure, et les exigences du
professeur.

Tout à coup l'ambitieux, saisi de vertige, fit un faux mouvement qui le précipita brusquement du faîte de la grandeur
où son ambition l'avait hissé.

Il tomba à pic, et tout ce que sa mère put faire pour lui, ce
fut de se précipiter au-dessous de lui, et de le soutenir de ses
ailes étendues pour amortir sa chute.

Elle y parvint ; car l'ambitieux déchu, après s'être relevé, se
mit à trottiner sur le sable de l'allée.

« Comment va-t-elle faire pour le remonter? » se demanda
André. Oh! que le pauvre Cimon était loin de sa pensée en ce
moment!

Tout à coup la mère et le petit se mirent à pousser des cris

Le quatrième s'était perché sur une petite branche

déchirants. Le chat du voisin, l'angora Patapouf, qui jusque-là avait fait semblant de dormir sur le chaperon du mur mitoyen, venait de sauter dans le jardin et s'avançait à pas de loup; l'oisillon, effaré, allait culbutant et se ramassant, sans savoir ce qu'il faisait; la mère planait entre le chat et lui pour le défendre et détourner l'attention de Patapouf.

Sans réfléchir un vingtième de seconde, André saisit son lourd encrier de plomb et le lança à Patapouf, qui battit en retraite. André ne s'aperçut même pas que sa blouse de toile était tigrée d'encre, et que l'encre ruisselait sur ses livres et sur ses cahiers. En quatre enjambées il descendit l'escalier, tantôt sifflant, tantôt criant : « Potor! Potor! un chat! »

Le terre-neuve Potor, qui ronflait sur une natte, secoua les oreilles et, aussitôt la porte ouverte, s'élança dans le jardin en bondissant comme un tigre.

La petite mère poussait en ce moment des cris de désespoir, planant au-dessus de Patapouf. Moins heureux que cet ambitieux de Charrier, l'oisillon n'avait pas été secouru à temps. Patapouf, ramassé sur lui-même, avec des mouvements saccadés de la tête et des grondements de satisfaction, dévorait sa proie sur place.

Potor, excité par André, cassa les reins au chat d'un seul coup de ses crocs formidables.

André eut peur en voyant ce qu'avait fait Potor à son instigation, et, croyant dissimuler sa faute en faisant disparaître le corps du délit, il prit Patapouf par la queue et le lança pardessus le mur.

De l'autre côté du mur, une voix de femme cria : « Quelle horreur! » Et comme André se sauvait vers la maison, il se trouva en face de son père et de sa mère, que les aboiements de Potor avaient attirés.

Les voisins, qui aimaient beaucoup leur chat, et qui étaient d'un caractère « susceptible », prétendirent que l'on avait attiré Patapouf exprès pour le faire dévorer par Potor. Comme ils ne voulurent accepter ni explications ni excuses, les deux familles cessèrent de se rendre visite et même de se saluer.

Et comme il fallut prendre le temps de changer André de

costume, il arriva au lycée sans leçons, sans devoirs et sans excuses, et fut condamné à passer le jeudi suivant en retenue.

Tout cela pourtant ne serait pas arrivé si l'oisillon ne se fût pas laissé aveugler par l'ambition.

Dieu nous garde de l'ambition et des ambitieux !

LA TRAINE DE TERTIA

I

J'ai connu très familièrement une honnête tribu de mésanges à longue queue. Ces bonnes gens n'avaient jamais eu l'idée de tirer vanité du long appendice caudal dont la nature les avait pourvus. Ils le regardaient tout simplement comme un objet d'utilité, et ils s'en servaient, selon les vues de la nature, comme d'un balancier pour équilibrer et faciliter leur vol, et comme d'un gouvernail pour le diriger. Ces bonnes traditions demeurèrent en honneur jusqu'en l'année 1884.

En l'année 1884, la vieille maman pondit six œufs. Des deux premiers sortirent, en leur temps, deux jeunes mâles, que l'on nomma Primus et Secundus. Le troisième, en s'entr'ouvrant, livra passage à une petite femelle, qui reçut le nom de Tertia.

Pendant les premiers jours, Tertia, comme ses frères et sœurs, passa son temps à dormir, à manger, à rêvasser, et rien d'abord ne la distingua des autres membres de la nichée.

II

Mais quand l'heure fut venue où les petits oiseaux commencent à avoir des idées et à regarder autour d'eux, Tertia tomba dans un état de préoccupation très singulier chez un oiseau si jeune.

Plus d'une fois, il lui arriva de manquer son tour de recevoir la pâtée, parce qu'au lieu d'ouvrir un large bec comme les autres, et de pousser de petits cris d'impatience, elle demeurait le bec clos, regardant de tous ses yeux son père qui voltigeait autour du nid.

La mère s'étonna de cette préoccupation, et dit au père, pendant leur conversation du soir : « Cette petite ne ressemblera pas aux autres! »

Le père prit un air profond, pencha la tête tout de côté pour mieux réfléchir, et finit par répondre : « Cela se pourrait bien! »

Cependant, malgré son air distrait et préoccupé, Tertia venait à bien, grâce aux bons soins de sa mère. C'est ainsi qu'elle arriva à l'âge où les petits oiseaux, après avoir longtemps rêvassé et ruminé en silence, commencent à parler et à exprimer leurs petites idées.

Un jour que toute la famille, après un repas copieux, digérait en silence, dans la bonne chaleur du nid, Tertia dit à ses parents : « Est-ce que Tertia, quand elle sera grande, aura une belle queue comme papa et maman? »

Un nid de mésanges à longue queue.

III

Son père et sa mère lui ayant affirmé en riant que les plumes lui pousseraient, comme à toutes les autres petites mésanges, quand le moment serait venu, Tertia se tint pour satisfaite, car elle croyait toujours ce que lui disaient ses parents. Mais, à partir de ce jour, on remarqua qu'elle tournait la tête au moins vingt fois par heure pour guetter l'apparition des belles plumes qu'on lui avait promises.

Jamais petite fille en jupe courte n'attendit avec plus d'impatience le moment où, devenue jeune fille, elle ferait son apparition dans le monde, avec une belle longue robe à traîne.

Mais les petites filles qui se préoccupent trop, par avance, de leur traîne future, ne prêtent pas toute l'attention désirable aux paroles et aux conseils de leurs parents et de leurs gouvernantes. C'est ce qui arriva à Tertia. Pendant que ses parents, tantôt l'un, tantôt l'autre, instruisaient leur jeune nichée, et la prémunissaient contre les dangers et les pièges du monde, Tertia, préoccupée de ce qui se passait derrière elle, n'écoutait pas toujours ce qu'il était de son devoir d'écouter et de son intérêt de savoir.

La mère disait un jour : « Et surtout, mes chéris, gardez-vous de vous approcher du château. Il y a là des enfants qui jettent des pierres aux petits oiseaux, des chats qui les guettent, cachés dans des coins obscurs. Bref, n'y allez pas! Tu m'as bien entendue, Tertia?

— Oui, maman », répondit Tertia.

IV

En .disant oui, elle ne mentait pas. Elle avait vaguement entendu les paroles de sa mère, mais elle n'en avait pas saisi le sens. Et comment l'aurait-elle saisi, préoccupée qu'elle était de l'apparition des plumes tant souhaitées. A vrai dire, ce n'étaient pas encore des plumes bien majestueuses ; c'étaient des commencements, des espérances de plumes.

Les plumes, cependant, s'allongèrent de jour en jour, et à mesure qu'elles s'allongeaient, se développaient dans le petit cœur de Tertia deux vilains sentiments : le sentiment de la coquetterie et celui de l'orgueil. Elle s'admirait sans réserve, et méprisait tous les oiseaux qui ne portent pas la queue longue. Moineaux, pinsons, chardonnerets, fauvettes, mésanges ordinaires, oh ! comme elle les méprisait au fond de son cœur. Et combien de fois entre le lever et le coucher du soleil, elle se répétait tout bas : « Comment osent-ils se montrer au grand jour avec des habits si étriqués ! »

Un jour qu'elle était allée rôder du côté du château, elle vit plusieurs objets qui la frappèrent d'admiration et de respect : d'abord des faisans dans une volière dorée, puis des paons qui faisaient les cent pas sur la terrasse de marbre, puis des belles dames qui, de leurs longues traînes, balayaient le sable des allées.

Ayant saisi au vol le mot *traîne*, elle le trouva fort beau, et se mit à dire ma traîne, la traîne des faisans, la traîne des paons. Foin des oiseaux et des gens qui n'ont point de traîne !

V

Désormais elle passa dans le voisinage du château tout le temps dont elle pouvait disposer sans que son absence fût remarquée du reste de la famille. Peu à peu, malgré l'humeur farouche qui fait le fond du caractère des mésanges, elle se familiarisa jusqu'à aller regarder de tout près les faisans, et jusqu'à s'abattre sur la balustrade de la terrasse.

Un vieux paon ombrageux et irascible s'avisa de trouver que cette bête des champs en prenait vraiment trop à son aise avec un seigneur comme lui, et il résolut de la punir de cette manie de vouloir fréquenter les grands de la terre, sans en être priée.

La voyant donc, un jour, plus rapprochée que d'habitude, il se mit à faire la roue pour la fasciner, et, par une série de savantes manœuvres, finit par se trouver tout près de la balustrade. Alors, avançant brusquement la tête, il assena à la bête rustique un horrible coup de bec.

Si prompt qu'eût été le mouvement du perfide, Tertia avait eu le temps de se détourner et d'ouvrir les ailes pour prendre son vol.

Ce fut la traîne qui reçut le coup de bec. Par un effort désespéré, Tertia put se dégager, mais les belles plumes restèrent au pouvoir du paon irascible.

VI

Comme les plumes de mésange ne sont point un mets propre pour les paons, irascibles ou non, celui-ci abandonna la traîne de Tertia au caprice d'un petit vent d'est qui soufflait pour le moment. Le petit vent d'est les emporta dans le parterre. L'angora Jéroboam, qui faisait la sieste parmi des géraniums, les flaira nonchalamment au passage et les abandonna à leur destinée. Leur destinée les jeta sur les sabots d'un aide-jardinier, qui les ramassa et en fit un ornement pour son feutre crasseux. Voilà quel fut le sort de la traîne de Tertia.

Et Tertia?

Tertia, à peine échappée à la colère du paon irascible, ressentit une vive douleur au point d'insertion des pennes de la queue. Et puis, il lui sembla que son vol avait quelque chose d'incertain et d'irrégulier. Effet de la terreur, sans doute.

Mais bientôt, perchée sur une branche, elle reconnut avec désespoir qu'elle avait perdu sa traîne.

Peut-on vivre sans traîne? Cent fois Tertia s'était dit, au temps de sa prospérité et de son orgueil, que, sans traîne, un oiseau qui se respecte n'a aucune raison de vivre.

Elle résolut donc de chercher quelque coin bien obscur, et de s'y laisser mourir de faim, loin de tous les regards. Mais elle avait compté sans la tendresse de sa mère.

Sa mère la découvrit, la réconforta, la décida à lui conter ses peines, lui persuada, si elle tenait absolument à mourir, de mourir au milieu des siens. Une fois revenue au foyer de la famille, elle finit par prendre quelque nourriture, et s'endormit côte à côte avec sa mère, dans la douce chaleur du nid.

Un sommeil réparateur émoussa quelque peu l'aiguillon de son chagrin; sa mère, au réveil, lui montra tant de tendresse, son père lui cita tant d'exemples de personnes qui avaient survécu à la perte de leur traîne, qu'elle commença à se demander non plus si l'on pouvait vivre, mais comment on pouvait s'arranger pour vivre sans traîne.

Une remarque de Primus faillit la replonger dans l'abîme du désespoir. Le bon gros Primus, qui n'y voyait pas plus loin que le bout de son bec, pensa consoler sa sœur en lui disant que : « Cela ne se voyait presque pas ! »

Cette consolation maladroite irrita à tel point Tertia qu'elle eut la tentation de sauter aux yeux du malencontreux consolateur. Elle tomba dans une violente attaque de nerfs, suivie d'une syncope, d'où elle sortit plus faible de corps et plus vaillante d'esprit.

Comme elle ne pouvait plus fréquenter la société, après son effroyable disgrâce, elle vécut en famille, principalement avec sa mère.

La profonde retraite où elle vivait l'amena à réfléchir sur elle-même et sur ceux qui l'entouraient ; d'égoïste qu'elle était d'abord, elle devint résignée, et de résignée, tendre et affectueuse. Au bout d'un an, et sauf l'absence de traîne, elle était devenue une mésange parfaite.

VII

Mais si Tertia était une mésange parfaite, c'était aussi une mésange mélancolique. Qui donc, désormais, songerait à lui demander sa patte et à faire d'une mésange sans traîne la compagne de sa vie ? Et d'ailleurs, à supposer que quelque bon Samaritain consentît à l'épouser, ne pouvait-elle pas craindre de voir un jour sa postérité venir au monde sans traînes et lui reprocher cette disgrâce ? Cette pensée la faisait frémir d'horreur.

Le cousin Mésangeau, cependant, qui n'était pas une bête, et qui, dans son bon sens d'oiseau raisonnable et réfléchi, préférait les qualités de l'âme à celles du corps, demanda résolument la patte de sa cousine et l'obtint.

VIII

Au printemps suivant, il y avait dans le nouveau nid six petits Mésangeaux bien portants et bien criants. Un mois après, leurs traînes commençaient à se dessiner.

A partir de ce moment, Tertia recouvra toute sa gaieté. Que lui importait de n'avoir plus de traîne, puisque son mari l'aimait telle qu'elle était, et que ses chéris ressemblaient aux chéris de toutes les autres mères?

Pourtant, elle n'oublia jamais complètement sa mésaventure; mais, si elle s'en souvint, ce ne fut pas assurément pour pleurer sa traîne, ce fut pour élever ses couvées successives dans la modestie et dans l'amour de la simplicité. Dans mon canton on cite les Mésangeaux comme des enfants modèles.

A quelque chose malheur est bon.

LA CLÉMENCE DE LENTULUS

I

Guillaume Parlandier, élève peu distingué de la classe de quatrième, venait d'entrer en vacances. Du lycée de Caen il avait apporté à la ferme de Bignonville, résidence de ses parents, l'espoir mal fondé de passer en troisième et une maigre cargaison de latin. De cette maigre cargaison, par fanfaronnade de faux érudit, il tirait des sobriquets en *us*, dont il coiffait bêtes et gens, au hasard de sa fantaisie.

Laissons là les gens, qui n'ont rien à voir ici, et parlons des bêtes.

A la ferme de Bignonville il y avait, sur le bord de l'eau, ce qu'on appelle « un abri de canards ». Sous cet abri vivait une véritable tribu de canards, dont le *sachem* était un vieux mâle, gros et lourd; sa démarche était plus lente que celle de tous les autres palmipèdes. Pour cette raison, Guillaume le baptisa Lentulus.

De même, il donna le nom de Superbus à certain moineau bouffi d'orgueil, qui paraissait avoir la plus haute idée de sa petite personne: un de ces importuns qui apparaissent toujours quand on se passerait parfaitement d'eux, avec un air de dire : « Vous me cherchiez, me voilà! » un de ces fâcheux qui se font toujours de fête sans en être priés, qui interrompent une con-

versation par leurs piaillements, picorent votre raisin sous vos
yeux en ayant l'air de vous octroyer une faveur; un de ces intrus
enfin qui viennent voler votre pain jusque sur votre table et
semblent croire que rien ne marcherait sans eux.

Guillaume Parlandier n'était pas depuis deux fois trois heures
à la ferme, que les allures de ce moineau lui remirent en mémoire un des exemples de son rudiment de Lhomond. Il dit,
cet exemple : *Superbus se laudat, sibi blanditur* (Le vaniteux
se loue et se flatte lui-même). « Parbleu ! dit Guillaume au
moineau qui le regardait de côté, toi tu t'appelleras *Superbus*. »

II

Jamais surnom ne fut mieux mérité. Superbus, en effet,
prenait des airs avec les autres moineaux, ses confrères et ses
égaux. Il se croyait un personnage, je me demande pourquoi; et
c'est ce que les camarades de Superbus se demandaient aussi.
Ils ne se faisaient pas faute de le siffler quand il prenait en
leur présence des poses de moineau supérieur.

« Pure envie! » se disait Superbus. Et plus on le sifflait,
plus il se rengorgeait. On se disait entre moineaux que cette
morgue inexplicable lui venait d'avoir été trop cajolé et trop
adulé par ses père et mère, émerveillés de la grâce avec laquelle
il ouvrait le bec pour piailler la faim, et de la hardiesse avec
laquelle il s'était élancé du nid, à sa première sortie. C'était
peut-être vrai.

Si Superbus se croyait supérieur à ceux que la naissance avait
faits ses égaux dans sa propre espèce, il écrasait de son mépris
tous les oiseaux qui n'avaient pas le droit de s'intituler passe-
reaux. Les aigles et les autres oiseaux de proie étaient de vulgaires pirates, de simples brigands, rien de plus; les rossignols,
des poètes prétentieux et faméliques; quant aux canards domes-

Sous cet abri vivait une véritable tribu de canards. (Voir p. 215.)

tiques, il les considérait comme d'immondes parias, d'ignobles
ilotes. Il ne lui déplaisait pas de contempler (d'en haut, bien
entendu) ces parias, ces ilotes et le bouge où ils vivaient. Lui,
fils de l'air, il trouvait dans cette contemplation matière à s'enor-
gueillir d'être le grand personnage qu'il croyait être parmi les
fils de l'air. Superbus avait le sens des contrastes.

III

Au lieu donc de s'occuper de sa couvée de petits fils de l'air,
il venait fréquemment se percher au-dessus de l'abri des canards.
De son poste aérien il repaissait sa vue de leur abjection, et
déversait sur eux le trop-plein de son mépris. Abaisser autrui,
n'est-ce pas se relever soi-même? Dans les occasions fréquentes
où il se procurait ce plaisir délicat, il avait une surabondance
d'invectives presque égale à celle qu'Homère met dans la bouche
de ses soudards lorsqu'ils prennent si grand plaisir à injurier
leur ennemi avant de lui faire mordre la poussière, ou de lui
tourner le dos pour esquiver les blessures ou la mort.

« Canards! ô canards! cria-t-il en sa langue, à quoi songeait le Créateur quand il a figuré des êtres aussi abjects et aussi
difformes que vous? Qu'est-ce qu'une créature qui a des ailes et
ne peut voler, qui a des pattes et ne peut marcher, qui a un
gosier et ne sait pas chanter? »

Une ou deux fois, Lentulus, en sa qualité de *sachem* de la
tribu, prit la peine de lui répondre. Si Lentulus avait de pauvres
pattes maladroites, il avait une cervelle assez bien conformée,
pour une cervelle de canard, s'entend. Il répondait donc, avec le
sérieux, la sagesse et la bonhomie un peu lourde d'un paysan
de Hollande :

« Nous ne volons pas, c'est vrai; mais nous savons nager,
et cela nous suffit pour trouver de quoi vivre amplement. Notre

langue est rude et nasale, c'est encore vrai; mais nous nous comprenons très bien entre nous, et nous n'éprouvons nulle difficulté à nous communiquer le peu d'idées que nous avons. Donc, si nous admirons les moineaux, fils de l'air, nous ne leur portons pas envie, et nous nous consolons de leur mépris devant une table bien servie.

— Nager! la belle affaire! répliquait dédaigneusement Superbus. Est-ce que nous nageons, nous? Est-ce que nous éprouvons le moindre besoin de nager? En quatre coups d'aile, nous sommes au sommet de ce grand peuplier; nous nous perchons sur les fils du télégraphe, sur le coq du clocher, sur les créneaux du vieux château en ruine. Nager! mais les grenouilles nagent, et les poissons aussi. De votre langage je n'ai rien à dire, puisque toi-même tu le trouves rude et grossier. Quant à vos idées, à vos sentiments! oh! les idées et les sentiments d'un canard! j'en ris si fort, que mes pattes en tremblent sur cette branche. Nos idées à nous planent, les vôtres rampent; notre âme s'épanouit dans l'éther, la vôtre tourne autour de l'augette aux ordures. Comment aurait-il des idées élevées, celui qui vit le bec en terre, esclave à perpétuité d'un immonde et insatiable appétit. Pendant que nous planons dans la glorieuse liberté de l'éther, votre unique soin est de chercher dans la fange de quoi vous engraisser jusqu'à la plus monstrueuse obésité. Et à quelle fin, je vous prie? Pour paraître un jour sur la table de l'homme, votre tyran, à moitié ensevelis dans une litière de petits pois, de navets ou d'olives, selon la saison. Votre vue est si courte, et votre entendement si obtus, que vous acceptez cette fin comme votre fin naturelle. Toutes les plumes de votre corps devraient se hérisser d'horreur quand on prononce seulement devant vous les mots de cuisine, de broche, de petits pois, de navets ou d'olives. Ah bien, oui! Au lieu de songer à vos fins dernières, ou, mieux que cela, de faire quelque vaillant effort pour y échapper, vous mangez, vous buvez, vous faites la sieste au soleil, la tête sous l'aile, ou bien encore vous plongez et vous courez sur l'eau en poussant d'effroyables cris de joie, sans plus vous soucier de l'avenir que les pourceaux d'Épicure. O honte, ô dégradation! »

IV

Le père Lentulus aurait pu lui répondre que chaque espèce créée a sa fin bien déterminée, vers laquelle elle marche comme le fleuve marche vers l'Océan; que tous les individus, dans toutes les espèces, ont une fin commune, qui est la mort; et que, par une dispensation miséricordieuse de la Providence, l'idée de la mort, fatale, inévitable, mais à échéance incertaine, n'empêche ni les hommes de vendre, d'acheter, de se réjouir, de faire des projets et même des révolutions, ni les fils de l'air de voler, de bâtir des nids, de chanter, d'insulter les canards; pourquoi donc empêcherait-elle les canards de boire, de manger, de dormir et de s'ébattre?

Le père Lentulus ne répondit rien, par l'excellente raison qu'il avait bien autre chose à faire, ce jour-là, que d'argumenter contre Superbus. Père, grand-père, et même arrière-grand-père, le bonhomme Lentulus avait à s'occuper de ses petits-enfants, qui l'assourdissaient de leurs questions.

« Grand-père, est-ce que mon frère a le droit de me pousser pour me prendre ce que j'ai trouvé?

— Est-ce que l'on peut faire ceci?

— Est-ce que l'on peut faire cela?

— Peut-on aller sur la rivière, et jusqu'où? »

Quelque chose qui fit flac! à la surface de la rivière, attira l'attention du bonhomme Lentulus et de toute sa marmaille.

Guillaume Parlandier, en flânant, une sarbacane à la main, dans le voisinage de l'abri aux canards, avait aperçu un écureuil sur la maîtresse branche d'un érable. Aussitôt il avait introduit dans la sarbacane une petite boulette de terre glaise durcie, il avait visé l'écureuil et il avait soufflé fort.

La boulette de terre glaise avait passé à cinq pieds de l'écureuil, et elle avait frappé Superbus : le hasard fait de ces coups.

V

La boulette avait donc frappé Superbus un peu au-dessous des côtes, dans la région du gésier. La vue de Superbus se troubla; il perdit connaissance, et tomba comme une pierre. C'est lui qui avait fait flac! à la surface de l'eau.

Quelques canetons, qui flânaient de ce côté, se retournèrent au bruit, et firent force de rames vers le malheureux Superbus, qui recommençait à donner signe de vie : la fraîcheur de l'eau l'avait à moitié tiré de sa syncope.

Le premier caneton qui arriva à portée darda un bon coup de bec dans la direction de l'épave, saisit Superbus par une aile, et le traîna à la remorque vers la rive. Les autres criaient en suivant de près leur camarade : « Nous en mangerons aussi! Nous en mangerons aussi! »

Superbus, qui avait repris assez de connaissance pour comprendre ces propos de cannibales, frissonna de tout son corps.

Cependant le caneton sauveteur, ayant pris pied sur la rive, traîna son épave jusqu'au bonhomme Lentulus, et lui dit :

« Grand-père, ça se mange-t-il, ça?

— Tout se mange! » répondit le grand-père avec le ton dogmatique et solennel d'un professeur qui émet en chaire un axiome scientifique.

C'est du coup que Superbus trembla jusque dans la moelle de ses os. Vu de près, et de bas en haut, le bonhomme Lentulus avait l'air terrible, avec son bec dentelé, et ses petits yeux noirs, trop rapprochés du bec, qui louchaient avec une malice diabolique.

Le vieux Lentulus avait dit « Tout se mange! » comme les vieux avocats disent : « Tout se plaide! » Mais, de même que les avocats préfèrent certaines causes à certaines autres, de même le vieux Lentulus, par goût, et peut-être aussi par tra-

dition, préférait certains mets à certains autres. Il n'avait jamais
mangé de moineau, et il ne se souciait point d'en manger. Et
puis, peut-être, dans l'obscurité de sa cervelle étroite, eut-il
comme une vision du beau : car c'est beau de pardonner, c'est
même très beau. Peut-être aussi céda-t-il à la tentation assez
naturelle d'humilier un superbe, et de lui laisser la vie, pour
faire durer son humiliation.

VI

Quoi qu'il en soit, il reprit du même ton solennel et doc-
toral : « Tout se mange ! et en temps de disette on serait encore
heureux de trouver ce morceau-là, quoiqu'il ne soit guère ten-
tant. Mais, grâce à Dieu, nous vivons dans l'abondance ; je blâmerais celui d'entre vous qui toucherait à ce moineau ; oui, je
le blâmerais, et même je le corrigerais. On va nous apporter la
pâtée dans quelques minutes, et celui qui aurait la sottise de
manger du moineau ferait tort à son déjeuner. »

Au même instant, une voix bien connue cria à quelque distance : « Goulus ! goulus ! goulus ! » C'est comme cela que l'on
dit aux canards : « Ces messieurs sont servis ! »

Toute la bande battit des ailes, poussa des cris de joie, et
décampa clopin-clopant dans la direction de la petite clairière
où la pâtée était déjà servie.

Le bonhomme Lentulus resta quelques instants en arrière.
Pensant que si le pitoyable Superbus demeurait à l'endroit où
le caneton sauveteur l'avait déposé, c'est-à-dire à l'ombre, son
plumage n'en finirait pas de sécher, il le prit délicatement, du
bout de son bec dentelé, par les pennes de la queue, et le traîna
en plein soleil. Après quoi il s'en alla tranquillement, sans
s'inquiéter de ce que penserait l'autre de son marcher irrégulier
et lourd.

Quand la bande, bien repue, s'en revint faire la sieste à
« l'abri des canards », Superbus avait disparu.

Il avait si bien disparu que plus jamais Lentulus ne le vit de
ses yeux faire le beau sur sa branche favorite, ni ne l'entendit de ses oreilles traiter les canards d'ilotes et de parias.
Avait-il été enlevé par une pleurésie, conséquence fatale de son
bain forcé? Le coup qu'il avait reçu vers la région du gésier
avait-il déterminé quelques désordres graves dans cet organe
important, et la mort s'en était-elle suivie? Ou bien le dépit et
la confusion lui avaient-ils rendu la vie odieuse? cette vie
qu'il ne devait, après tout, qu'à la pitié d'un ilote, à la clé-
mence d'un paria. Lentulus ne se creusa pas la tête pour trouver
le mot de l'énigme : il avait trop à faire de mener à bien l'éducation de sa nombreuse postérité.

VII

Guillaume Parlandier retourna au lycée de Caen, persuadé
que ce « prétentieux animal de Superbus » avait été croqué par
un chat ou gobé par une couleuvre. Lui non plus ne se creusa
pas la tête pour trouver une autre solution au problème. D'abord,
à ses yeux, le problème en lui-même n'avait qu'une médiocre
importance; et puis, son professeur de troisième, un brave
homme très exigeant, ne lui laissait guère le loisir de ruminer
sur les choses du passé.

Quant à nous, n'ayant entre les mains aucune preuve authen-
tique du décès de Superbus, nous supposerons charitablement
qu'il vit quelque part, humble et retiré, se contentant des joies
de la famille, et se consacrant à l'éducation de ses petits.

Lentulus vit toujours, quoique la cuisinière ait mis successivement en coupe réglée les générations qui s'inspiraient de sa
sagesse et de son expérience. Je voudrais pouvoir dire que cette

longévité sans exemple est la récompense de sa belle conduite envers Superbus; mais le premier devoir d'un historien qui se respecte est de dire toute la vérité et rien que la vérité. C'est par oubli et par négligence qu'on lui a laissé atteindre l'âge où les canards cessent d'être comestibles. Ce qui lui a valu la faveur de devenir un patriarche, ce n'est point, hélas! la tendresse de son cœur, c'est la dureté de sa chair.

Cette circonstance, du reste, n'enlève rien au mérite de sa bonne action.

LES CIGARETTES DE CIMENTEAU

I

Jusqu'à l'âge de neuf ans, Louis Chabirol fut ce que l'on appelle un bon garçon, dans toute la force du terme, et un écolier presque irréprochable ; je ne dis pas qu'il n'eût pas, de temps à autre, quelque petit accès de paresse ou quelque crise de mauvaise humeur : personne n'est parfait, mais, en somme, son maître d'école l'estimait et ses camarades l'aimaient beaucoup.

Ce fut le tabac à fumer qui le perdit, du moins pour un temps.

Un jour d'été, il s'en allait tranquillement à l'école, nu-tête, en manches de chemise, le nez au vent, l'œil éveillé, ne songeant point à mal.

Un monsieur bien mis, qui marchait devant lui, fumant un londrès, aperçut à une vingtaine de pas une dame de sa connaissance. Aussitôt, d'un geste rapide et furtif, il jeta derrière lui son londrès à moitié fumé, aimant mille fois mieux sacrifier un demi-londrès que d'aborder une dame et de lui adresser la parole, tenant, même caché derrière lui, un cigare dont l'odeur aurait pu lui être désagréable.

Louis Chabirol était comme les petits chats, il ne pouvait voir un objet se mouvoir devant lui sans sauter dessus, par un mouvement de pure curiosité. Il se précipita donc sur le londrès.

Quand il l'eut examiné tout à loisir, il se disposait à le jeter loin de lui, lorsque la vue d'une légère fumée bleuâtre qui en sortait lui fit venir à l'esprit une idée saugrenue, l'idée de voir quel goût pouvait bien avoir un londrès.

La preuve que sa propre idée ne lui semblait pas merveilleuse, et qu'il n'en était pas précisément fier, c'est qu'il regarda tout autour de lui, pour voir si personne ne le regardait.

11

Personne ne le regardait. La première bouffée qu'il tira du bout des lèvres, et qu'il rendit prestement, était si peu de chose, qu'il ne put se rendre compte. Il lui sembla seulement que le parfum du londrès n'avait rien de désagréable. La seconde bouffée, aspirée avec une imprudente énergie, lui remplit la bouche et la gorge d'une fumée âcre et nauséabonde. Une toux violente le saisit ; il lui sembla que les yeux lui sortaient de la tête et que le cœur lui tournait dans la poitrine. Suffoqué, éperdu, plein de honte, il ne songea plus qu'à se cacher, n'importe où, pour attendre, loin de tous les regards, l'issue de sa funeste aventure. Sans y prendre garde, il tenait toujours le fatal londrès entre le pouce et l'index de sa main droite.

Une porte ouverte s'offrit à lui, il l'enfila et se trouva dans la cour d'une vieille auberge solitaire et silencieuse. Apercevant la cage d'un escalier de bois, il s'y précipita, attiré par l'obscurité.

A peine s'était-il blotti dans ce recoin qu'il entendit sur les dalles le son mat d'une paire de pieds nus. A tout hasard, il résolut de faire bonne contenance, et même il poussa l'effronterie jusqu'à regarder son londrès d'un air de tendresse.

« Vieux ! lui dit un grand drôle de quinze ou seize ans, qui

tenait un panier à la main, j'étais dans la cuisine et je t'ai vu
entrer avec ton cigare (oh ! qu'il sent bon, ton cigare). Ils
m'envoient en course et il ne me feraient pas seulement la
charité d'une allumette ; ils disent que je n'ai pas besoin de
fumer ! Donne-moi du feu, toi ; entre vieux fumeurs comme
nous, on ne se refuse pas ça. »

Ce que Louis Chabirol aurait dû faire, c'eût été de donner
son londrès au grand drôle, en lui disant : « Grand bien te
fasse ! »

Mais quel est celui d'entre nous qui fait toujours ce qu'il
aurait de mieux à faire ? Et quel est celui que la vanité n'a pas
poussé à des actes que sa raison réprouvait, que son intérêt lui
interdisait ?

La vanité perdit Louis Chabirol, comme elle en a perdu et
comme elle en perdra tant d'autres. Tout fier d'avoir été appelé
« vieux » par un « grand » ; tout gonflé de sa petite importance
à l'idée que quelqu'un pouvait lui envier l'arome de son londrès,
persuadé qu'il y allait de son honneur de se laisser prendre
pour un fumeur endurci, il pressa le cigare entre ses lèvres et
tira, non sans prudence, pour en raviver le feu.

III

Le grand drôle déposa son panier sur les dalles et tira de
derrière son oreille une cigarette toute prête, qu'il avait placée
là comme les scribes y posent leur plume ; quand il eut la cigarette entre les lèvres, il se plia en deux en appuyant ses mains
à plat sur ses genoux, et mit la pointe de sa cigarette en contact
avec le cigare de Chabirol.

Une fois que la cigarette eut pris feu, le grand drôle aux
pieds nus, ayant ramassé son panier, se sauva à toutes jambes
en criant : « Merci, vieux ! à charge de revanche ».

En entendant ces derniers mots, Louis Chabirol sentit qu'ils le consacraient fumeur, j'entends fumeur pour de bon. Malheureusement pour lui, le londrès, fumé à petites bouffées, cessa de lui taquiner les bronches et de lui inquiéter le cœur.

Il sortit alors au grand jour, et se rendit à l'école en prenant par le plus long. Il s'en allait fièrement par les rues, se sentant l'égal des gens qui fumaient et le supérieur de ceux qui ne fumaient pas.

Quand il arriva devant la porte de l'école, le londrès était fini et la cloche sonnait l'entrée en classe. Il se mêla à la foule des écoliers de son âge, demandant à chacun : « Ne trouves-tu pas que je sens le tabac? » Ceux qui haussaient les épaules, il les traitait d'imbéciles ; ceux qui disaient : « Oui, c'est vrai ! » il les trouvait intelligents et bons garçons. Il se tint à quatre pour ne pas embrasser Sénéchal, celui que l'on appelait le Grêlé, parce que Sénéchal lui avait dit : « Tu infectes ! »

En classe, Chabirol scandalisa le maître par son obstination à déranger ses voisins. Toutes les fois qu'il se retournait, après avoir fait une démonstration au tableau, il trouvait Chabirol en train de demander à ses camarades s'il ne sentait pas le tabac, et de leur raconter qu'il avait fumé un londrès, un vrai ! qu'il avait donné du feu à un grand, et que ce grand l'avait appelé vieux ! Chabirol s'en retourna chez lui, ayant attrapé cinq mauvaises notes, et ne sachant pas plus que l'homme de la lune quels étaient les devoirs du lendemain.

La maman Chabirol trouva que le fils Chabirol sentait terriblement le tabac. Le fils Chabirol prétendit qu'il s'était simplement trouvé à côté d'un « grand » qui fumait. Comme la maman Chabirol s'indignait contre ce « grand » si mal élevé, le fils Chabirol eut l'effronterie de faire chorus avec elle. Décidément l'invasion du tabac dans la vie de Chabirol le jetait, dès le début, dans une fort mauvaise voie.

« Entre vieux fumeurs comme nous, on ne se refuse pas ça »

IV

Le maître remarqua avec peine que l'élève Chabirol (Louis) se mettait à fréquenter les sociétés qu'il évitait le plus soigneusement autrefois : qui se rassemble s'assemble. Autrefois Chabirol (Louis) séparait les écoliers en deux classes, les bons garçons et les mauvais drôles, et il fréquentait les bons garçons ; depuis qu'il avait établi une nouvelle division, mettant d'un côté ceux qui fumaient et de l'autre ceux qui ne fumaient pas, il fréquentait les fumeurs. Les fumeurs de cet âge-là ne sont jamais la crème d'une classe.

Sachant bien qu'ils sont en opposition avec la volonté formelle de leurs parents et de leurs maîtres, ils apprennent à mentir, à se cacher, à tenir des conciliabules secrets derrière les murs des jardins, dans les ruelles écartées, à se procurer du tabac par des moyens illicites et inavouables. Tenez, par exemple, ce petit Chabirol, qui avait été si longtemps un modèle de franchise et de loyauté, n'en vint-il pas, pour obtenir quelques cigarettes, à flagorner le grand Cimenteau, un drôle de la pire espèce, auquel il n'aurait même pas voulu adresser la parole dans le temps qu'il était encore lui-même.

Les individus de l'espèce Cimenteau prennent un plaisir pervers à avilir ceux qu'ils ont mis sous leur dépendance, et il n'est sorte de lâches complaisances auxquelles celui-là ne soumît le petit Chabirol, pour lui faire payer les quelques cigarettes qu'il lui jetait. Le pauvre Louis était devenu très malheureux, car il commençait à voir clair et à se mépriser lui-même ; mais il ne se sentait pas de force à rompre avec le tyran.

Ce fut le tyran lui-même qui donna à sa victime l'énergie nécessaire.

« Ah çà ! dit-il un jour à Louis, il y a assez longtemps que

je te fournis du tabac : il me semble que ça commence à être
ton tour de régaler.

— Tu sais bien, lui répondit naïvement Louis, que je n'ai
jamais un sou.

— Mais ton père en a, des sous.

— Puisqu'il ne m'en donne pas, c'est comme s'il n'en avait
pas. »

Cimenteau le regarda, comme on dit, dans le blanc des yeux,
pendant un bon quart de minute, sans rien dire.

V

Sans savoir pourquoi, Louis se mit à trembler. Ce que signi-
fiait le regard de Cimenteau, Louis était trop honnête pour le
comprendre, mais ce regard était si sournois, si dur, si déshon-
nête et si louche que l'enfant avait peur.

« Moi non plus, reprit Cimenteau, mon père ne me donne pas
de sous.

— Eh bien alors !

— Eh bien alors, je lui en emprunte, sans qu'il s'en aper-
çoive.

— Oh ! s'écria Louis en devenant blanc comme un linge.

— Eh bien, quoi, oh ! reprit tranquillement Cimenteau ; est-
ce que l'argent des parents n'est pas pour revenir aux enfants ?
Un peu plus tôt, un peu plus tard, qu'est-ce que cela fait ?

— Tu voles ton père ! s'écria Louis avec une généreuse indignation.

— Comme tu y vas ! riposta l'autre en ricanant.

— Tu voles ton père ! répéta Louis d'un ton ferme. Oh ! que
je suis malheureux de n'avoir pas su cela dès le premier jour.
Jamais je n'accepterai plus rien de toi, jamais je ne te reparlerai.

— Je m'en moque, reprit Cimenteau ; seulement, retiens ta
langue ou gare à toi ! »

Le pauvre Louis était bien embarrassé : à son âge on n'est jamais un casuiste bien expert. Dans tous les cas, Cimenteau était lâche en sa qualité de tyran, et Louis sentait qu'il était lâche.

« Je raconterai à mon père ce que j'ai fait tous ces derniers temps, reprit Louis après quelques instants de réflexion : je lui parlerai, sans te nommer, de ce qui m'est arrivé avec toi, et je ferai ce qu'il me dira de faire. »

C'est tout ce que Cimenteau put tirer de lui pour le moment. Le lendemain, après qu'il eut tout avoué à son père, moins le nom du voleur, Louis Chabirol accosta hardiment Cimenteau et lui dit : « Mon père ne tient pas à savoir ton nom, mais voici ses propres paroles : « Si l'individu ne continue pas à fumer « du tabac volé, ne dis rien ; s'il continue, parle hardiment : « c'est ton devoir. »

Après quoi il lui tourna le dos, pour toujours.

VI

A partir de ce moment, les camarades remarquèrent que Chabirol et Cimenteau ne fumaient plus. Il y avait cependant cette différence entre eux, c'est que Chabirol avait renoncé au tabac pour tout de bon, tandis que Cimenteau, s'il ne fumait plus en public, se dédommageait en secret ; oui, en secret, et piteusement, car il avait à fuir non seulement les regards de ses maîtres et de ses parents, mais encore ceux de Chabirol et de tout camarade qui aurait pu le dénoncer à Chabirol.

Mais à la longue on est toujours puni par où l'on a péché. Un beau jour Cimenteau fut pris la main dans le sac, par son propre père, et disparut du pays pour aller parcourir les mers en qualité de mousse.

Chabirol est redevenu Chabirol : c'est tout ce qu'on lui demandait.

TABLE DES MATIÈRES

PARIS. — IMPRIMERIE GÉNÉRALE LAHURE
9, rue de Fleurus, 9.

8148-94. — Corbeil. Imprimerie Crété.